CONTENTS

書籍設計

Albireo

*

書籍插畫

MIKEMORI

# Middle Note

# 中調

在不完美的時光裡，
調和出自己的香氣

Before......

## 三芳菜菜

「某方面來說，這也是在排練。」

這已經是丈夫拓也第三次說出這句話。

「說不定之後來的會是上司或部門的前輩，那才是重頭戲。今天來的都是熟人，就算失敗了也沒關係，我們就輕鬆準備吧。」

有道理，那就輕鬆點吧。菜菜一邊隨口應和，一邊將洋蔥切成薄片。

她注意到，拓也從方才就有些心神不寧，不停地微調牆邊櫃上的相框和時鐘角度。昨天，他突然盯著客廳說：「這邊感覺有點空蕩。」下班途中還特地繞去花店買了花圈回來裝飾。菜菜思忖，不過是場邀請同期同事的家庭派對，拓也口中的「失敗」究竟指的是什麼呢？

「這種機會不多，平時大家也沒什麼時間聚在一起，真期待！」

為了使拓也放鬆，菜菜刻意用開朗的語氣說，同時將砧板上薄如紙片的洋蔥放入裝水的碗中浸泡。她已經準備了好幾道菜，飯類和沙拉都已分配妥當，但她突然靈機一動，與其直接端出生魚片，不如做成醃漬料理。雖然懷孕的她不能喝酒，但以檸檬略為提味的生魚片，應該很適合搭配第一杯香檳。

「好久沒見到西和坂東了。」

「麻衣常在推特[1]上更新近況，感覺比公司同事還常見面呢。」

「那傢伙是不是太閒？」

拓也終於笑了。

今天，同期進公司的四位老班底，加上在菜菜隔壁部門上班的岡崎彩子，都要來家中聚餐。

「哦，才剛提到，板倉就發文說到我們了。」

拓也舉起手機給菜菜看。

Mailtakura：今天要去前公司同期同事夫妻的新家玩！超期待！

同期裡，只有板倉麻衣用本名開了推特帳號。亮麗又多才多藝的麻衣在社群媒

1 Twitter，社群平台X的前身。

體上也很受歡迎，追蹤者超過千人。

「看她這樣寫，雖然開心，但有點緊張了。」菜菜說。

「妳有沒有聽說她現在在幹麼？」拓也問。

菜菜回想，當初提議邀請麻衣時，拓也曾嘀咕：「何必請已經離職的人來？」但他似乎也對「離職的人」的近況頗感好奇。

拓也和菜菜是應屆畢業後進入食品公司的同期同事。

雖然同期多達數十人，但員工訓練將他們派到不同工廠，恰好在同一間廠房實習的六人，成了關係較密切的老班底。如今，他們仍在社交軟體的群組裡保持聯繫。菜菜和拓也這個意外的組合開始交往時，還讓大家嚇了一跳。

進入公司即將邁入第十年，六人各自踏上不同的人生道路。麻衣早已辭職，轉型為網路文字工作者；西孝義在入職第二年被外派至地方事務所，直到前年才返回總部；坂東賢太郎則於去年調任子公司，兩個月前剛剛回來。大家忙於各自的生活，漸漸難以隨意相約，關係變得有些疏遠，僅靠社交軟體上若即若離、零零碎碎的互動，勉強維繫著情誼。

趁著坂東從子公司調回來，大家久違地在群組裡熱絡敘舊。

聊到是否辦場同期聚會時，麻衣表示想去菜菜的新家看看。菜菜一時興奮，輕鬆地在群組回覆「OK！來吧來吧」，沒想到卻惹來拓也的不悅。

縱使不悅，拓也並未多加抱怨。他向來情緒寫在臉上，話變少了，心情好壞一目了然。

當初租屋時，拓也推說房子太小，不便招待客人，於是買下現在這間大樓套房。然而，搬進新居後，他又以菜菜懷孕為由，幾乎不招待訪客，不僅朋友鮮少來訪，甚至連雙方父母的邀約也多半婉拒。

唯獨這次，菜菜堅持要拓也答應。她聽同期好友——已先一步為人母的江原愛美說，寶寶出生後，生活將澈底改變。菜菜想趁現在還輕鬆的時光，邀請大家來家中，創造快樂的回憶。

因為偶然得知彼此同歲，熱情好客的菜菜還順勢邀請了隔壁部門的彩子參加。

原本以為彩子會拒絕，但她立刻回答「我要去」。就算大家年齡相仿，但彩子畢竟不是同期，若幾位熟人聊得太熱絡，怕她會尷尬。不過，想到成員中有貼心的愛美，加上麻衣與西也許久未見，加入一位新面孔似乎能讓對話更平衡……？一不小心，菜菜竟以挑選團隊成員的標準，逐一思考每個人的特質。就在她構思料理時，不知不覺也忘了拓也的不悅。

菜菜這才想起，每次去拓也位於郊外的老家坐客，婆婆總顯得惴惴不安，不是拿出全新的拖鞋，就是頻頻為窗戶上的髒汙致歉，反倒令菜菜過意不去。她猜想，拓也的家人應該不習慣招待客人。

相較之下，菜菜的老家在鄉下小鎮經營理容院，總是熱鬧非凡。店旁有片空地，菜菜的朋友、弟弟的朋友，以及鄰居的孩子常在那裡嬉戲，也會自然走進店裡喝麥茶。只要不打擾客人，菜菜的父母總是笑臉相迎，歡迎大夥進來小憩。

上國中後，菜菜開始有樣學樣地學做晚飯，父母的誇獎與感謝使她愛上做菜，料理也成了她的拿手絕活。這份熱情後來更促成她到食品公司求職。猶記面試時，她還誇下海口，謊稱自己從小學至今已創作出千種食譜。

「千種」雖是誇飾的說法，但她確實創作了上百種原創食譜。自從到東京上大學、開始獨居生活後，她便十分享受自炊之樂。在那小小的房間裡，她常邀請女性朋友、社團夥伴，以及研究小組的學長姊與學弟妹，品嚐她即興創作的小菜，因而獲得「居酒屋菜菜」的綽號。

說起來，新人時期，她也曾以「居酒屋菜菜」的身分招待過愛美和麻衣呢……

回想起單身時住在附廚房的小套房，經常有女性朋友來串門子的美好時光，菜菜不禁露出微笑。即使出社會過了這麼多年，「青春」一詞依然令人懷念。她總是一邊聽著朋友們抱怨不適應的生產線工作，或訴說被主管責罵的委屈，一邊默默在旁準備菜餚。憑藉單口瓦斯爐和微波爐，菜菜創作出各式各樣的料理，愛美和麻衣還會為她熱情喝采。

記憶中，她們好像還曾如同合宿營般，舉辦過睡地板的夜宿派對。想起那一晚麻衣因背痛輾轉難眠的模樣，菜菜忍不住咯咯偷笑。

她從沒想過，出了社會還能交到新朋友，更沒料到與同期同事的感情能如此深厚，真是難得的幸運。雖然稱為朋友，但與學生時期的友誼略有不同，多了幾分類似團隊並肩作戰的患難情誼，而顯得格外珍貴。即使麻衣已不再是上班族，只要一聲呼喚，她仍樂意欣然前來。

菜菜瞇著眼，眺望今天用來招待客人的客廳。明媚的朝陽灑在潔白的新牆上，高山榕與七里香等植栽的葉子閃閃發亮。拓也從獨居時期便悉心照料的這些美麗植物，與他挑選的復古時尚家具相得益彰，構成一幅動人畫面。搬進新居後，菜菜總忍不住頻頻拿起手機拍照。

她心想，過去住在五萬圓廉價小套房的自己，如今竟能擁有這樣的生活。

雙方父母各資助了一些錢，加上兩人的存款作為頭期款，他們貸款三十五年，買下一間約十八坪的房子。雖是朝東的二手屋，但客廳由陽臺旁相連的兩個房間打造成開闊空間，加上拓也總是保持乾淨整潔，這裡簡直就像咖啡廳一樣舒適。

昨天拓也買來的花圈，是菜菜絕不會想到的綠色款。當那淡雅的綠色花圈掛上白牆，瞬間為整個空間增添一抹清新氣息。

從初次相識，拓也的服裝與生活用品便顯得格外時髦，與菜菜過去遇過的男性截然不同。他熱衷閱讀時尚與室內設計雜誌，還會拍攝生活小物的照片分享到社群媒體上，這樣的類型對菜菜來說前所未見。

當拓也主動表示想交往時，菜菜還嚇了一跳，心裡暗忖：「真的要選我嗎？」事實上，拓也比菜菜更渴望婚姻，交往半年便求婚。面對這突如其來的人生轉變，菜菜也曾稍稍猶豫。

當她將鯛魚切成薄片後，拓也剛好檢查完廁所與洗臉臺的水路設備，體貼地走過來說：

「菜菜，妳站了好久。菜我待會幫忙處理，妳先休息一下吧。」

「沒關係、沒關係，只剩一點了，我一次做完吧。」

丈夫的貼心舉動，令她開心回應。

懷孕初期的孕吐曾讓她疲憊不堪，但進入安定期後，身體已舒適許多。

過去在電車上看到孕婦，菜菜總會擔心地想：挺著大肚子外出真的沒問題嗎？等自己懷孕後，她才發現其實沒什麼大礙。反倒是外觀還看不出懷孕的初期最為辛苦。回想懷孕初期，菜菜在噁心想吐與嗜睡的狀態下，竟然還能繼續工作，真是不容易。如今肚子明顯隆起，她反而覺得體內充滿了力量。

才剛這麼想，下腹部突然一陣緊繃的壓迫感襲來。

「好痛！」

最近偶爾會有這種感覺。果然懷孕不能太過勞累嗎？

「我就說妳該坐著休息了。」

拓也語氣略微加重，菜菜連忙離開廚房。雖然生魚片最好再多泡一下水，但她不想讓拓也擔心，於是匆匆將生魚片與洋蔥放入醃汁後便離開。

最近，肚子時不時會感到緊繃，但只要稍作休息，症狀很快就會緩解。拓也不了解這種感覺，難免過分擔心，但菜菜知道這應該無礙。上週產檢時，醫生也說她的孕程漸入佳境。

她好想快點見到肚子裡的孩子，但想到孩子出生後生活將澈底改變，又不免有些畏懼。縱使看過無數育兒部落格與雜誌，她仍無法想像養育孩子的真實情景。

菜菜計畫在放長假前，邀請朋友們來家裡聚會。難得同期同事中有人結了婚，她希望未來能與這些老友保持家族般的情誼，想為孩子出生後，大夥仍能輕鬆來家中串門子鋪路。

*

家庭派對結束後，菜菜將收拾的工作交給拓也，自己送大家到一樓大廳。走回電梯時，她臉上還帶著笑意。

——這裡弄得超時髦耶。

——是星野度假村嗎！

——好像雜誌裡的住宅照片！

來的時候，眾人一致盛讚拓也和菜菜家的客廳布置，而端出的菜餚也幾乎被一掃而空。

——好久沒吃到菜菜做的菜了。

——真的，每道菜都超好吃！

——讓我想起「居酒屋菜菜」的時光～

愛美不忘向困惑的彩子解釋「居酒屋菜菜」這稱號的由來。

——菜菜是因為單純熱愛料理才進公司的喔，這種人意外少見。

此外，麻衣特別送給三位女子的原創香水也令人開心不已。

聽說這是將無水酒精與精油混合，由麻衣親手調製的原創香水。

在此之前，菜菜對香水興趣不大，使用的次數屈指可數。但最近以「香氛設計師」闖出名堂的麻衣，對香水有著深入研究，還為大家詳細解說。

菜菜第一次聽說香味分為前調、中調、後調，會隨時間緩緩變化，令人著迷。

四個女生同時試擦香水，室內頓時香氣瀰漫，同期男生忍不住抱怨，於是她們被「趕」到陽臺。離開客廳時，菜菜偷瞄了一眼，見拓也臉上掛著愉快的笑容，心裡悄悄鬆了一口氣。

陽臺只有兩張椅子，她們讓孕婦菜菜先坐，其餘三人倚著欄杆，四人一起仰望夜空。沁涼的秋風迎面拂來，眉月如繪本般高掛天際。

——這種生活真棒。

麻衣感嘆道，彩子也滿懷憧憬地點頭，愛美則像個前輩媽媽般說：

——孩子出生後，每天都會忙得團團轉，要趁現在好好享受小倆口的時光喔！

自家陽臺上，有女性好友相伴的溫暖場景，使菜菜倍感溫馨美好。她幾乎帶著祈願的心情說：

——孩子出生後，大家還要來玩喔。

可以嗎？耶！好啊好啊。

聽到三人異口同聲回答，菜菜感動得淚水奪眶而出。

——咦！怎麼啦？

麻衣笑著驚呼。

——哎，我這是怎麼了……

菜菜自己也愣住了。怎麼會突然哭了呢？她連忙擦去淚水，正納悶時，目光恰好與愛美對上。愛美默默坐到她身旁，輕輕拍了拍她的背。

雖然菜菜從未向任何人提起，但最近她經常失眠。

只想一想到未來的事，她就感到不安與恐懼，眼淚不自覺滑落。這樣的夜晚反覆出現。

即將暫休長假無法工作、第一次生產，以及未來要與拓也一起養育孩子長大等等——

明明是幸福人生的新階段，每一步卻都令她心生忐忑與畏懼，總覺得自己踏上了一條不歸路。讀了育兒部落格和雜誌後，她才明白，原來這種心情就是「懷孕焦慮症」。然而，即便知道了原因，她仍無法控制內心的混亂與滑落的淚水。

所以，當她從陽臺走回客廳，愛美輕聲鼓勵她：

——有任何問題，隨時都可以找我喔。

這句悄悄話只有菜菜聽見，卻讓她欣喜若狂。

她由衷慶幸今天邀請了這些同期好友來家裡。

直到大家的身影消失在道路盡頭，菜菜都笑臉目送。她帶著尚未完全褪去的笑臉，回到拓也等待的家。她相信拓也一定也很開心。看他見到同期時似乎很高興，臉上也都保持笑容。

然而，當菜菜走出電梯、回到家中，卻聽見拓也說：

「以後別再這樣了好嗎？」

她整個人愣住了。

「什麼事？」

「像這樣請朋友來家裡。」

剛剛還笑著說「我來整理，妳去送大家吧」的拓也，此刻卻懶洋洋地坐在沙發上，雙腿交叉，一臉不悅。面前的電視正播放著體育新聞。

「咦？為什麼？」菜菜疑惑地問。

拓也沒有回答。

他在無視我嗎？菜菜咬住下唇。拓也偶爾會這樣，每當心情不好時，他就沉默不語。

「你在生什麼氣？我做錯什麼了嗎？」

雖然問了，卻依然得不到回應。

——我做錯什麼了嗎？

自從結婚後，這句話幾乎成了菜菜的口頭禪。

每當拓也不開心，她就會反覆回想自己是否哪裡做得不對。自己一定有什麼地方惹他不高興，但是因為不知道原因，她總是焦慮不安。

不過，今天似乎有了一點線索。

「你還在為香水的事生氣嗎？」她小心翼翼地問。

拓也嘆了口氣，說：「就是這類的事。」

這類是指哪類？菜菜完全摸不著頭緒。

——她真的很遲鈍。

剛剛拓也曾對大家這麼說，菜菜也知道自己確實很遲鈍。

當時餐桌上擺著甜點，麻衣送給三位女孩自製香水，說明：「前調是清爽的柑橘系，等稍微過了一段時間，香味會漸漸轉變，散發出中調的紫羅蘭花香。」

香味會變化，聽起來好夢幻啊，菜菜迫不及待想試試。她想試聞之後分享感想，讓麻衣開心。

——咦，噴這麼多？

她記得麻衣笑著說。的確，她一時興奮，咻咻咻連噴了三次，確實是有點過頭了。

一股美妙的香氣如想像般飄來，但就在菜菜開口說出感想前，拓也先說：

——哪有人在吃飯時噴香水的？

接著，他一臉無奈地對大家說：「她真的很遲鈍。」

——啊，抱歉！

菜菜連忙道歉，麻衣趕緊緩和氣氛：

——沒關係，這香味很棒！

——這是麻衣自己調的香氣嗎？

愛美一邊問，一邊也在自己身上噴了香水。

如果不是香水的事，拓也到底在氣什麼？不說清楚，遲鈍的她要如何猜到？菜菜思忖。她很想修復氣氛，卻總是徒勞無功。究竟該怎麼做才好？

菜菜從小就發覺自己不太會察言觀色。她常不小心說出別人私下在意的事，或因一句無心的話令場面陷入尷尬的沉默，或使對方表情瞬間僵硬。

但她從無惡意。每當有人板著臉、話題變得嚴肅，她就會感到不安。為了使大家開心，她會忍不住試著逗笑全場。比起專心傾聽對話內容，她更在意整體氣氛是否和樂，希望大家都能開心融洽，因此常在奇怪的方向過分努力，給人輕浮、不適合談心事的印象。

或許因為這樣，幾乎沒有女性朋友找她傾訴感情問題，甚至連朋友的戀情，她也往往是最後才知道。有時，即使自認關係要好的朋友，也不會與她分享心事。每當遇到這種情況，菜菜總會感到受傷，但她不喜歡愁眉苦臉引來旁人擔憂，便假裝什麼也沒放在心上。

長大成人後，她依然不擅長察言觀色，常常給拓也添麻煩。菜菜向來悄悄為自己的遲鈍感到自卑，但從前拓也接住了她，甚至誇讚這是她的優點。

——我就是喜歡妳這樣單純，沒有表裡不一。

他以前明明是這樣說的……

兩人從交往到結婚，進展可說相當迅速。

契機發生在一年半前，當時愛美在同期同事中率先晉升為課長。年僅二十多歲就成為課長，是公司史上首例，愛美因此備受矚目，不僅在公司內外引發討論，還接受了媒體專訪。

為了慶祝愛美的升遷，大夥約好時間聚會。然而，到了約定時間，其他人卻遲遲未到，只有拓也和菜菜準時抵達，兩人只好一起枯等全員到齊。

儘管他們從剛進公司時就認識，但這是第一次獨處，菜菜悄悄感到緊張。因為過去總是一群人一起歡鬧，所以她不曾與拓也面對面好好說過話。緊張的情緒使她格外亢奮，她發揮天生的開朗個性，努力拋出一個又一個有趣話題，試圖避免冷場。然而，拓也不太接話，話題最後還是斷了線。

就在菜菜絞盡腦汁尋找新話題時，拓也突然開口：

——跟妳說……

拓也壓低聲音，臉微微靠近，對菜菜吐露了藏在心底的工作煩惱。

菜菜曾在迎新會上聽說，拓也學生時夢想進入廣告或媒體公司上班。然而，畢業前他獲得錄取的卻是化學纖維製造公司、中型商社和食品公司。最後聽從鄉下父母的建議，他選擇了知名度最高的這家公司。

拓也初入公司時被分派到進口開發商品部，這是個需要頻繁出國、令人稱羨的帥氣部門。去年，他被調到業務部，表面上看，這也是一條通往成功的康莊大道。

但拓也坦言，自己因為在進口開發商品部的表現不佳，才被「踢到」業務部。雖然業務部長對他頗為賞識，實情卻是：「合作的超市店長不喜歡我，後輩也不尊重我，我的個性從一開始就不適合做業務……」他其實想轉到宣傳或媒體公關部門，但業務部長似乎很看重他，第一年又不好提出調職請求。

看著拓也痛苦地傾訴心事，菜菜的心被深深觸動。沒想到外表精明幹練的拓也，竟會對她這種普通人展露脆弱的一面！

在那之後，同事們陸續抵達，拓也立刻閉上嘴，恢復平常的模樣。菜菜被他迅速調整心情、假裝若無其事的態度感動。明明自己過得不順遂，卻能強顏歡笑，為愛美慶祝、帶動氣氛，這份體貼與堅韌令她動容。每次在多人閒聊中與拓也四目相接，菜菜的心跳就不由得漏一拍。從那天起，她便墜入愛河。

——抱歉，剛剛讓妳聽我抱怨。

當晚，拓也傳來訊息，兩人開始私下聯繫。

隨著兩人漸漸單獨見面，拓也時不時向菜菜傾吐業務工作的辛酸與難處。為了鼓勵他，菜菜會故意誇張地分享自己在職場的糗事，例如在總務部出了什麼包，或是被主管、前輩責罵的趣事，逗得拓也哈哈大笑。

雖然菜菜過去不常向他人吐露心事，但嘗試訴說後，她才發現自己對工作也有不滿。她因為愛吃、愛做料理，才選擇這家以冷凍食品聞名的公司，夢想參與產品開發，卻被分發到管理部，負責管理行政人員的制服、公司備品，準備活動與會議，甚至協助股東大會的庶務等。她的工作與公司產品毫無直接關聯，只能持續支援其他部門的大小事務。

剛進公司時，部門因難得有新血加入而熱情歡迎，菜菜也充滿幹勁。但後來部門再也沒有新人加入，始終是同一群人，她也一直是部門裡的「老么」。

——我本來想開發冷凍食品，還提了不少企劃，面試時感覺也滿有機會。結果不知不覺做了這麼多事務性工作，感覺公司也不打算再補新人進來了。

菜菜吐露內心的糾結，拓也這樣告訴她：

——比起個人期望，公司更看重整體利益，他們應該是認為妳比較適合做事務工作。

這句話像是說給菜菜聽，也像是說給自己聽。這種能客觀審視自身處境的成熟態度，讓菜菜更加心動。

兩人迅速拉近距離，幾次約會後，拓也主動提出想正式交往，菜菜有些意外。這時，拓也主動說出，他剛進公司時曾與麻衣交往。

——我擔心妳會介意，所以想親口告訴妳……

他誠懇地開啟話題，接著認真表示，今後絕不會與麻衣有任何私下往來。菜菜聽了再次愣住——不是介不介意的問題，而是她完全不知情。想到麻衣與菜菜的交情，拓也似乎更顯意外，他以為同期同事都知道這件事。

——妳也太遲鈍了吧！

拓也忍不住笑了，接著用憐愛的目光說「果然是菜菜」。

——我就是喜歡妳這樣單純，沒有表裡不一。

他開心地說著。

後來，菜菜悄悄問了愛美，果然，愛美知道拓也與麻衣曾經交往。「但是他們很快就分手啦！」愛美貼心補充。意外的是，菜菜並未感到嫉妒，甚至心想：拓也的前女友那麼漂亮，選我真的沒問題嗎？

今天，老班底難得齊聚一堂，拓也與麻衣毫無尷尬地談笑風生，菜菜暗自鬆了口氣。分手、結婚、離職、調職……儘管中間有了許多轉變，同期的情誼卻始終不變。菜菜期盼大家能繼續維繫這份感情，彼此相處毫無芥蒂。歡樂的時光轉眼即逝，她不禁有些感傷。

「那是麻衣特製的香水，我想馬上聞聞看嘛。」

「對！是『聞』，不是叫妳嗅！」

拓也囉嗦地糾正，嘆了口氣，無奈地開口：

「我說，妳沒發現今天都是我在忙嗎？」

「咦？」

菜菜一時沒聽懂他在說什麼。

「妳真的沒發現，對吧？妳一直坐在那裡開心聊天，這段時間，我一個人幫大家倒飲料、夾菜，吃完後收拾、洗碗，全是我做的，妳沒發現吧？」

經他這麼一說……確實如此。

但菜菜忍不住反駁：

「可是飯菜是我準備的，愛美也有幫忙端菜和洗碗，不是嗎？」

「這就是我煩的地方。」

拓也語帶不耐地說。

「我本來就不喜歡別人進廚房，也討厭別人隨便開冰箱，江原還有誰，卻擅自開了好幾次。」

「那是因為我請她幫忙拿啤酒。」

「也太沒神經了吧！」

「不是，是我請她……」

「結果，屋子搞得這麼亂。」

拓也說完，環視尚未整理完的客廳。

剛剛還被誇像星野度假村的空間，確實有些凌亂。但吃完的東西，大家已陸續幫忙拿到廚房，整體來說不算太髒亂，只要稍加整理就能恢復原貌。菜菜甚至覺得，既然今天已經累了，大可留到明天再收拾，先洗澡睡覺也無妨。但是愛乾淨的拓也似乎無法忍受這樣的狀態。

「好，我來整理。」

菜菜說著，正要站起來時——

「不用啦。」

拓也拉住她的手臂制止。

「我就是討厭妳這樣。我不是要妳整理。還有，妳能不能別動不動就一副受害者的樣子？」

一副受害者的樣子？

「我想說的是……」拓也頓了頓，深吸一口氣，「我想說的是，懷孕的時候還邀請朋友來家裡玩，真的太勉強了，妳懂我的意思嗎？我也只能幫忙了啊。」

菜菜想說些什麼，話語卻卡在喉嚨。

她心裡有許多話想表達，卻不知如何開口。拓也劈哩啪啦說了一堆，或許真的是自己太遲鈍，在某些地方惹他不開心了。

「妳想想，一般人看到妳挺著大肚子，當然會趕緊幫忙啊。坂東和西也倒抽了一口氣。」

「有嗎？」

「有喔，妳沒發現吧？換作是我，去參加聚餐時，看到主人肚子這麼大，一定會捏把冷汗。」

菜菜感到呼吸變得急促，肚子隱隱抽痛了一下。懷孕後，每次被拓也因為各種大小事責備，她都會這樣。拓也總能發現遲鈍的她沒察覺的事情，並用條理分明的語氣糾正她。而她似乎總是不自覺地做出使他煩心的事。

看到菜菜沉默不語，拓也輕聲嘆了口氣，說：

「菜菜，妳年紀也不小了，別老覺得世界會繞著妳轉。在這方面，妳好像還沒長大，有點太天真了。單身時，當然可以用自己喜歡的方式生活，但結了婚、開始一起生活後，應該多考慮伴侶的感受，評估整體情況，這才是成熟的大人該做的事吧？因為我有認真思考，所以一開始就反對，覺得你肚子這麼大時，不該邀這麼多人來。」

「可是……可是，你不是也說，今天可以當成排練嗎？說不定以後要邀上司或前輩來家裡……」

菜菜喘著氣說。

「我放棄了，那些都不重要。這裡又不是國外，沒必要辦什麼家庭派對。」

「呃……」

因為備菜時拓也說了「排練」，菜菜原本很開心的。她以為這個家以後會成為能輕鬆招待朋友的溫暖家庭。

「可是，今天這樣不是很開心嗎？」

菜菜至少想確認這一點，於是問道。

「還好，普通。在外面的餐廳聚會更輕鬆。」

拓也回答後，又補了一句：

「我最擔心的是妳的身體，不想讓妳負擔太重。」

他都這麼說了，菜菜實在無從反駁。

拓也嘆了口氣，緩緩起身，開始打掃屋子。桌上和吧檯上已空無一物，他又拿著地板除塵紙擦了一遍。

菜菜只能靜靜坐著，正覺得尷尬時，浴室傳來熱水燒好的提示音樂。

聽到高級加熱浴缸的系統音樂，菜菜這才驚覺，拓也趁她送朋友時，已清理好浴缸並放好熱水。

拓也並非光說不做，他分擔了許多家務，還把屋子打掃得乾淨整潔。

——我最擔心的是妳的身體，不想讓妳負擔太重。

聽到這句溫柔的話，菜菜覺得自己應該心懷感恩。

洗完澡出來，拓也已坐在沙發上，一邊喝著今天剩下的香檳，一邊看電視，享受晚酌時光。他嫌酒杯不好清理，乾脆把酒倒進普通的玻璃杯，這是重視效率的他，兼顧氣氛與維持整潔的方式。

「剛剛泡澡時，小滾踢了一下喔。」

菜菜在他身旁坐下，說道。

「哦！真的嗎！」

拓也興奮地探出身體。他的心情似乎突然好了起來，也許是因為屋子收拾乾淨了吧？

「這裡，你看，肚子的形狀好像又稍微變了。」菜菜說。

拓也輕輕把手放在她的肚子上。

肚子一天天變大，是寶寶在裡面成長的證明。

不久前，菜菜為肚子裡的寶寶取了「滾滾」這個暱稱，因為這陣子他變得愛在肚子裡動來動去。後來，「滾滾」被簡稱為「小滾」。產檢時得知可能是男孩，於是偶爾也叫他「滾太郎」。

最近，小滾越來越愛動。踢腳時，肚子裡會有被擠壓的感覺；打嗝時，則像有節奏的輕顫，菜菜覺得別有一番趣味。

「腳應該在這裡吧？」

拓也摸著肚子一側略微鼓起的不規則部位，用溫柔的語氣說。

菜菜希望小滾再動一下，讓拓也感受得更清楚，但剛剛洗澡時他已瘋狂踢了一陣，現在大概累了，靜靜不動。

「對了，剛剛江原有傳LINE過來。」

拓也說。

「這種時候，就算是同期，也該當天傳訊息道謝。不愧是江原，真有禮貌。」

菜菜心想，剛剛才批評愛美開冰箱「太沒神經」，現在卻誇她「有禮貌」。

她又想起拓也說過的其他話。

——坂東和西也倒抽了一口氣。

他剛剛是這麼說的。但仔細想想，自己至今仍挺著大肚子去上班，昨天還去了公司。雖然懷孕後沒在公司遇過剛調回總部的坂東，但前陣子她才和西同乘電梯。他當時看起來與平常無異，難道內心其實也「倒抽一口氣」？菜菜開始想東想西：其他人會不會也覺得自己太遲鈍？

拓也的手從肚子上移開，輕輕滑到菜菜的後腦，撫摸著她的頭髮，動作格外溫柔，彷彿在為剛才的氣話道歉。即便如此，被親友包圍的快樂時光，在菜菜心中已蒙上一層灰。想到今後可能無法再邀朋友來家裡，她鼻頭一酸，但不想讓拓也看見，於是用力閉上眼。

## 板倉麻衣

溫暖潮溼的微風輕拂過頸間，晴朗的夜空中，可見細細彎彎的月亮。

五位成年人像遠足般成群結隊，走在漆黑靜謐的住宅區，麻衣漫步在最後。

這是他們從新婚同期同事的新家返回的路上。

愛美、坂東和西熱鬧地邊走邊聊，久違的聚會令大家意猶未盡。因為位在住宅區，他們稍稍壓低音量，但仍像說不夠似地繼續話家常。

時間才剛過九點，顧及菜菜懷孕不宜太累，大家才特意提早結束聚會，但麻衣心裡仍覺得不過癮。他們從前可是會理所當然地喝到天明、逛遍大街的夥伴；如今隨著成員陸續成家，健康的生活方式逐漸成為重心，過去那種通宵狂歡的氣氛已不復存在。

麻衣一邊留意前方走路的朋友，一邊放慢腳步，悄悄滑開手機查看。

螢幕上累積了未讀的通知訊息。

今天前往三芳拓也與菜菜的新居拜訪前，她在部落格發了一篇文，寫道：「我帶了自己收到會很開心的伴手禮去。」文章裡還親切地附上她送給三芳夫婦的伴手禮購買資訊，並透過多個社群帳號大力宣傳。

當然，她也順便推廣了自己調製的香水。麻衣夢想有朝一日能創立自己的香水品牌，透過社群網路販售。雖然具體的銷售計畫尚未成形，但自從成為自由網路文字工作者後，她在自我介紹欄中加上了「香氛設計師」的頭銜。她去上過芳香精油與香水的專業課程，也取得了相關證照。雖然只是民間證照，但考取所需的時間與資金投入不容小覷。麻衣很滿意自己調的香味，連老師都讚賞她的作品「純淨中帶有深沉的甜美」。這款名為「麻衣調」——蘊含「我的風格」意涵的香水，首次贈送的對象，正是今天聚會的菜菜、愛美，以及另一位感覺像客人的行政女孩。

好了，來看看那篇文的迴響吧。麻衣低頭查看手機，卻發現按讚數不如預期，她悄悄感到一陣失落，默默關掉了螢幕。

驀地，耳邊傳來說話聲。

「連我也收到香水，謝謝您。」

說話的是那個「感覺像客人的行政女孩」。

「哎，太客氣了，喜歡就好。」

麻衣微笑回應。

對方隨即接話：

「這是我第一次用香水。因為麻衣姊的說明簡單易懂，我才想試試看。」

麻衣姊……

「歡迎使用。」

麻衣笑盈盈地說，心裡卻想著，對方清楚叫了自己「麻衣」，而她卻連對方的名字都不知道。回想起來，菜菜一開始好像有介紹過，但她完全沒記住。當時，她的注意力全放在拓也和菜菜的新家風格，沒有心思留意其他。

坂東好像說，他們的新家彷彿星野度假村，但麻衣並不這麼想。

飯店的裝潢多半會融入特定概念——像是豪華感或溫馨感，並且經過精心調和。雖然不想多加批評，但說得直接點，他們的新家給人一種「乾燥無味」的印象，幾乎看不到任何趣味元素，冰冷乏味。牆壁全被用作收納空間，線條橫平豎直，家具和家電的擺放也是固定的，相當死板。唯一能展現主人個性的，恐怕只有牆上那個綠色花圈，但它又過於清新簡約，反而給人一種連一粒灰塵都不能沾染的緊張感。

麻衣內心篤定，這絕不是菜菜的品味，一定是拓也挑的。當她看到電視和音響的電源線被巧妙藏進銀色筒狀集線盒時，不禁在心中感嘆：原來他想要的是這樣的新家。

「我聽菜菜姊說，您是有名的香氛設計師，是真的嗎？」

那位「感覺像客人的行政女孩」好奇地問。

「哪有，我沒什麼名氣啦。」

麻衣有些心不在焉地回答，加快腳步，準備上前找愛美和坂東。她想問問他們對三芳夫婦新家的真實看法，雖然她知道貼心的愛美肯定不會說半句批評的話。

「我看您之前貼身採訪過那個誰……還有誰……真的好厲害！」

沒想到那位「感覺像客人的行政女孩」緊跟在麻衣身旁，興奮地提起在益智問答節目中看到的女藝人和新進女演員的名字，繼續誇讚。

「那都是很久以前的事了。」

麻衣謙虛地回應，一面尋思回憶。

所謂「貼身採訪那個誰……還有誰……」，應該是指那份工作吧。剛辭職時，麻衣在一家約聘的網路媒體工作，負責某個特輯，專門貼身報導剛出道的模特兒和藝人的購物行程。

猶記當時總共採訪了二十人左右，如今卻只有女孩提及的那兩位闖出了名號。麻衣不清楚二十人中有兩人成名的機率算不算高，但她心裡很感謝這兩人熬出頭，讓她能驕傲地說：「我採訪過那個誰……還有誰……喔！」

「您現在是在做香水嗎？麻衣姊真的好厲害，多才多藝！」

「不用叫姊，我們同歲啊。」麻衣回道。

記得菜菜提過，這名女孩是她任職的管理部隔壁部門的同事，還說：「我們同歲喔！」

同歲……那她也是三十歲囉？麻衣重新打量對方，卻覺得她更像年輕妹妹。水藍色的針織外套搭配圓點百褶裙，散發出優雅的大學生氣質。她的膚色白皙，身材嬌小，和穿搭格外相襯。麻衣心想，這女孩很懂得展現自己的魅力呢。

「啊，好的！那……麻衣，妳的工作是做香水嗎？」

看著她小心翼翼地轉換語氣，麻衣差點笑了出來。不愧是菜菜約來的人，意外地乖巧又貼心。

「不算正職，應該說，兼顧了工作和興趣吧。」

「可是，三芳哥說您……啊，妳有證照？」

「對，我有考香氛設計師的證照。」

「好厲害！」

「沒那麼誇張啦。我一開始也對這方面不熟，學著學著才發現這門知識博大精深，背後有很長的歷史。」

「這樣啊──」

「妳也可以上網搜尋看看，現在有很多五花八門的工作，還有相關證照可以考，有許多人開班授課、舉辦工作坊，供人進修。」

麻衣說這段話時，終於追上了前方的三人。愛美一見她走近，立刻為收到香水一事道謝。麻衣鬆了口氣，無論自己走在哪，愛美總能細心察覺，令人感到安心不已。她知道愛美是那種會默默留意全場氛圍的人。愛美微胖的圓臉不施脂粉，髮型依然是新人時期的俐落短髮，烏黑的髮色看不出年齡的痕跡。從單身時期開始，她就給人一種「大家的媽媽」的溫暖氣場。

果然，愛美馬上貼心地關心站在最遠處──「感覺像客人的行政女孩」

「彩子，今天很高興能和妳聊聊天。」

多虧愛美，麻衣終於想起她的名字是彩子。

「我才開心呢！各位都是同期進公司，只有我好像跑錯地方。」
「哪有！我們很高興能多認識公司裡的同事，對吧？」
聽到愛美的「對吧」，坂東和西也用力點頭。
一行人走進鬧區，周圍的燈光漸漸亮起。
「機會難得，要不要續攤？」
坂東問大家。
「這個嘛……」
麻衣暗自盤算哪些人可能參加。西不愛湊熱鬧，愛美得回家顧小孩，彩子是新朋友，氣氛有些尷尬，應該不會貿然跟去。自己和坂東又能聊什麼呢？雖然有些猶豫，但麻衣心裡確實想小酌一番。就在這時，愛美說：
「我可以待一小時左右。」
「咦，真的嗎？」麻衣立刻決定：「那我也去！」
果然不出所料，彩子和西說要回家，最後只有坂東、愛美和麻衣三人續攤。雖然這一帶是住宅區，但坂東早已查好，車站前有家小酒吧。
「小彩真是個好女孩，跟西感覺挺速配的吧？」

等回家組的身影消失，坂東馬上露出本性，開起玩笑。

「你這傢伙，一秒就皮起來了。」

愛美無奈地搖頭。

坂東從進公司就是這樣，什麼話題都能扯到戀愛，簡直是單細胞生物。說起來，以前他們的聊天模式常常是坂東、麻衣和三芳一搭一唱，拿老實的西的戀愛話題開玩笑，稍微鬧一鬧後，愛美就會出面轉換話題。

不過，麻衣突然想到，同期同事的結婚率還真高。

怎麼以前都沒留意到呢？六名同期同事中，愛美已經有小孩，菜菜也即將升格當媽媽。男同事裡，坂東已結婚生子，三芳也即將當爸爸。單身的只剩西和我了？麻衣感到一陣悵然。步入三十歲，原來是這種感覺啊……

麻衣一面感慨，一面朝坂東查的酒吧前進。

走下通往地下室的樓梯、推開店門的剎那，她忍不住「唔」了一聲。

店裡瀰漫著濃重的菸味。

早知道應該立刻提議換一家店，但麻衣錯過了開口的時機，因為心裡總覺得不用自己說，愛美應該也會出面阻止，沒想到——

「好久沒來這種店了，真興奮！」

愛美竟然喜上眉梢。麻衣驚訝地看向她，愛美的表情毫不掩飾，真的很開心。

總之，他們先進去，找了位子坐下，輪流拿了飲料，一同舉杯乾杯。

店裡的客人多半是大學生年紀。隔壁桌有五個男女，週六晚上卻穿著西裝和套裝，臉龐略顯稚嫩。就像我們還是菜鳥實習生的模樣——麻衣感到懷念。

「好懷念這種氣氛。」

坂東說出了麻衣的心聲。

「令人想起新人時期呢。」

愛美也感慨地說。

驀地，麻衣覺得莫名的鼻酸。

這是一種奇妙的感受。原來坂東、愛美和她有著相同的感受，並且不約而同地說了出來。知道彼此共享這份心情，麻衣彷彿有種穿越到未來的恍惚感。儘管難以言喻，但三人竟同時懷念起同一件事。

——令人想起新人時期呢。

沒錯，我們正在「回憶往事」，而隔壁桌的孩子仍「活在當下」。

明明只是自然走過了青春歲月，不知不覺來到三十歲，麻衣卻有種好似被不公對待的錯覺，突然被迫接受年華已逝的事實。

彷彿才在不久之前，坂東、愛美和她，仍是那群不習慣上班族身分的「同期新人」。實習的日子很難熬，從早到晚都得繃緊神經，只能找彼此吐苦水。即便如此，卻也有種假裝自己是社會人士的靦腆與新奇，給人閃閃發光的感覺。如今回想，那是多麼耀眼的青春啊。

他們確實感受到，自己已經走過一段不短的時光。

在點第二杯酒前，坂東拿出菸問：

「可以抽嗎？」

他從以前就有菸癮。麻衣先瞄了愛美一眼，沒想到她竟然說：「分我一根好嗎？」

「妳也抽菸？」麻衣驚訝地問。

「在家不抽。」愛美稍加掩飾地說。

既然在家不抽，難道她平時都在公司那越發偏遠、狹小的吸菸室抽菸嗎？

「真意外。」麻衣說。

「妳呢？不抽了？」愛美問。

「我戒菸了。」麻衣老實回答。

「抱歉啦。」坂東說著，朝外側吐煙。愛美也小心翼翼地朝麻衣聞不到的方向吞雲吐霧。

即便兩人體貼地避開她，店裡如此煙霧繚繞，這麼做其實沒多大意義。麻衣不喜歡自己特製的香水被菸味蓋過，更覺得肺部彷彿受到汙染。無法在這種地方久待的自己，似乎真的老了。

愛美抽菸這件事，也令麻衣有些震驚。

新人時期，麻衣才是那個重度吸菸者。當時同期女生裡只有她抽菸，她從沒見過愛美碰菸。

說來，她們還曾一起夜宿菜菜家，當時麻衣可折騰了一番。因為大家都不抽菸，公寓連陽臺和外走廊都禁菸，她只能深夜獨自走到附近的便利商店，在店外的吸菸區孤單地抽菸。

當時為何那麼想抽菸呢？麻衣思忖。七、八年前的往事，記憶早已模糊。

她會毅然戒菸，一方面是辭職後壓力減輕，另一方面則是因為接觸了重視香味的工作。

麻衣很喜歡自己現在的「香氛設計師」頭銜。

今天，她也帶了自己調製的香水送給女孩，她們收到也很開心的樣子。儘管今天送的是看似普通的花香調，但香氣一開始散發清新的柑橘系芬芳，隨著時間變化，最後會轉為如紫羅蘭般圓潤甜美的花香，是一款充滿故事性的香味。

見到菜菜當場試用香水時的笑臉，麻衣忍不住興奮地跟大家分享：多重視自己身上的香氣，心靈就會變得富足，生活也會變得更加繽紛。

然而，愛美的反應不如預期。她雖然開心收到禮物，也稱讚香味好聞，卻對香氣的變化過程，以及麻衣分享的精油體驗，僅是「嗯、嗯」地輕聲附和，對她的新頭銜也沒什麼興趣。

麻衣早已習慣這樣的反應。她現在除了經營自己的社群帳號，還在女性網站撰寫報導，並幫多位美容師管理直播聊天室，接了許多不同類型的工作，但在工作場合遇到的負責人或美容師，常常聽過她的頭銜就忘了。麻衣明白，對許多人來說，這只是花點時間和金錢就能取得的證照。

但她不在乎這些看法。比起外界的聲音，她更專注於鑽研香氛知識，這也澈底改變了她的生活方式。

某次，她偶然報名了一堂香氛體驗課程，原本只是抱著玩票心態，卻因此意識到，自己過去對氣味是多麼漠不關心。她也頭一次知曉，原來在五感中，嗅覺是相當特別的感官。

雖然課程主題是「大家一起來做香膏」，但前半段其實是理論課。

白板上貼著大腦剖面圖，講師Mizuna解釋道，大腦中有負責理性和思考的「大腦新皮質」，以及掌管本能的「大腦邊緣系統」。視覺、聽覺、觸覺和味覺的訊息會先傳到大腦新皮質，唯獨嗅覺會直接傳到大腦邊緣系統。

大腦邊緣系統中，有個負責記憶的器官叫「海馬迴」。也就是說，只有嗅覺能直接連結記憶。

——大家聽過馬塞爾・普魯斯特寫的小說《追憶似水年華》嗎？

麻衣記得Mizuna老師這樣問。當時沒人舉手，麻衣也沒聽過這部小說。

——書裡有個著名場景，普魯斯特把瑪德蓮蛋糕泡著熱茶吃，香氣頓時喚醒了他的童年記憶。大家可能也有類似經驗喔。比方說，不經意聞到的花香或食物的氣味，勾起了兒時回憶……

印象裡，Mizuna老師總穿著暗色系的單色洋裝，一字一句溫柔慎重。她除了教授香氛課程，平時也在老人院當志工。當時有學生提到老家榻榻米的氣味，Mizuna老師以柔和悠緩的語調說：「沒錯，久久回到老家所聞到的氣味，也能喚起兒時的記憶。」

麻衣也想分享自己的例子，卻一時想不出來。

——嗅覺被認為是「本能的感官」，不經過大腦新皮質，而是直接傳到大腦邊緣系統。

Mizuna老師指著白板上的大腦圖，繼續說明。

——因此，在阿茲海默症患者的治療中，也開始嘗試使用芳香療法。比方說，早餐用這種香味，沐浴用那種香味，睡眠用另一種香味，有些機構正採用將香氣與行為連結的創新方式幫助病人。

哇……麻衣聽了由衷佩服。

——聞到的香味會直接與記憶相連，超越理性和邏輯，帶來鄉愁、渴望，甚至強烈的回憶體驗。所以，就像剛剛提到的，有些老爺爺、老奶奶，聞到童年時代的懷念氣味時，會突然淚流滿面。

這套課程共有五堂課。與麻衣一起參加的人，不少是抱著文化教室延伸的心態報名，上理論課時顯得有些無聊，但麻衣被Mizuna老師開場的那番話深深觸動，認真地做筆記。上完第一堂課後，她還特地繞去書店，買了課堂中提到的《追憶似水年華》。

Mizuna老師分享的瑪德蓮蛋糕場景，就出現在故事開頭。嚴格來說，書中描寫的是透過味覺引發的記憶連結，但麻衣自行解讀，認為吃蛋糕前應該也聞到了香氣。

老實說，這本書她才讀了幾頁就讀不下去，但瑪德蓮蛋糕喚醒主角記憶的場景，她反覆讀了無數次。那段記憶如此深刻豐富，帶給主人翁巨大衝擊，也讓麻衣深受震撼。Mizuna老師流暢的談吐，搭配書中充滿魅力的文字描述——「浸泡在菩提樹茶中的瑪德蓮蛋糕」，令麻衣心動不已。她因此決心深入鑽研與記憶緊密相連的嗅覺知識，並開始重視這項感官。有了這樣的念頭之後，她便自然地戒了菸。

考取證照後，麻衣繼續參加Mizuna老師的課程，持續創作自己的香水。今天分送的花香調，正是獲得老師讚賞的作品。為了使香氣從清新的柑橘前調，隨時間流逝轉變為紫羅蘭的花香，她精心調整了香料比例。如何分配香料種類，使香味隨時間變換，正是調香的迷人之處。她曾向愛美分享這件事，也希望她能趁今晚感受到香氣的變化。

「哇——讚吶！」

愛美抽完菸，咕嚕咕嚕灌下一大口生啤酒，興奮地喊了一聲，逗得麻衣忍不住噗哧。

反正兩年後舉辦東京奧運時，吸菸場所自然會大幅減少。為了健康著想，愛美也該考慮戒菸了，但麻衣轉念一想，覺得今晚不必急著多提。

「好像廣告裡的喝法！」

坂東也跟著笑了。

「哎，真的太讚了！應該說，能在外面喝酒就很享受了。」

愛美顯得格外感慨。

「看來妳累積了不少壓力。」麻衣說。

「是啊，感覺在外面這樣喝酒，像是幾億年前的事了。應酬的酒局也好久沒參加，現在需要出差或接待的工作，我大多拜託別人幫忙。」

愛美帶著三分醉意，語氣也多了些豪邁。

「江原，妳真的很拚耶！」坂東說道。

麻衣也真心這麼認為。愛美在外是上班族，在家是主婦，等於同時肩負了兩份工作。

剛剛在菜菜家小酌時，愛美只簡單提了自己的近況。

她先生在餐飲業工作，雖然晚出門上班，但回家時間也晚。夫妻倆靠雙薪維持生活開銷，還在娘家附近買了房，本來想著方便互相照應。沒想到，愛美的母親前陣子生了病，實在不是能幫忙顧孫子的狀態，父親也還沒退休。夫妻倆頓時失去了臨時可依靠的育兒後援。

麻衣看著同期的愛美笑著說：「我只好全部自己來啦。」這令至今仍住老家、每天靠媽媽洗衣、整理房間、準備三餐的她感到有些羞愧。

「妳二十幾歲就當上課長，是我們這群人裡最早出人頭地的。」坂東說。

「愛美這麼強，應該會是同期裡第一個當上女部長的吧？」麻衣接道。

「部長哪夠？應該是公司史上最年輕部長、最年輕高層，然後成為第一位女社長！」

坂東誇張地說，麻衣點頭附和：「有道理！」

愛美只是輕輕搖頭。

愛美是同期中最快升上課長的。她將公司產品製作成「咕嚕咕嚕」系列影片，介紹冷凍食品的創意簡易料理法，不僅大受歡迎，還獲頒社長獎。

食品業算是相對傳統的產業，女性職員較少，愛美以媽媽的視角推出新服務，成功拓展市場。這個品牌故事深受媒體喜愛，一時間，愛美接受女性雜誌專訪，還受邀上BS電視臺擔任節目嘉賓，那威風凜凜的模樣，令麻衣感到非常驕傲。

「說到這個，我還看了《日經Woman》的手帳特輯，標題寫著『二十代最年輕課長』，真的超厲害！手帳的活用法也很有參考價值。」

麻衣大力誇讚，愛美卻謙虛地輕輕搖頭，低調的模樣讓人更想用力稱讚她。

麻衣也很驚訝，自己竟然會有這樣的心情。

過去，她總是難以真心讚美同齡女孩的亮眼表現。那些受男性追捧的人氣女孩、被學長姊寵愛的女孩、深受老師信賴的女孩……每每看見她們，麻衣都忍不住想找出她們的缺點。當然，她有意識到自己的心態不夠成熟，所以會盡量控制到不表現出來。

唯獨對愛美，麻衣完全沒有嫉妒心。是敬佩，還是心服口服？總之，她能以純粹的心情尊敬愛美。

老實說，今天的聚會若不是因為愛美會來，麻衣根本不想參加。

這件事她只會悄悄藏在心裡，永遠不會說出來。其實，當大家在LINE群組敲定要去菜菜和拓也的新家玩時，麻衣忍不住發出一聲「唔」，就像剛剛聞到菸味時的反應。

雖然是菜菜熱情邀約，但那畢竟是拓也的家。麻衣二十出頭時，曾和拓也交往過大約一年。他們在同一家工廠的同一組實習，實習結束的慶祝派對上，她喝得醉醺醺，糊里糊塗地，隔天早上竟在拓也家醒來。

這段戀情雖是意外起頭，但純粹是時機湊巧，兩人就這麼交往下去了。

當時，麻衣剛和大二交往的男友分手，朋友圈裡流傳的「高薪打工」機會也沒人再找她。加上她也滿欣賞拓也那種積極表達想法的態度，還有他家總是打掃得一塵不染，住起來特別舒適。他甚至會親手沖好喝的咖啡給她。因為這些瑣碎的小事，這段戀情就這麼拖拖拉拉地持續了一陣子，沒有明確的理由繼續，也找不到分手的理由，於是一直「維持現狀」。

附帶一提，那個「高薪打工」是擔任雜誌讀者模特兒的朋友介紹的，工作內容只是陪同參加一些男性社會人士的酒會。起初麻衣也覺得有點可疑，但去了發現真的只是單純的聚會。雖然她住家裡不缺錢，但光是吃吃美食、陪人聊天就能賺到不少錢，還是令她感到有些得意。

如今回想，那份打工真是不可思議。表面上看似酒店公關，卻沒有任何接待義務。雖然偶爾會有人追求，但從未被任何人觸碰。那裡聚集了來自不同學校的女大學生，麻衣甚至在那裡結交了新朋友。有時整晚只和女孩子聊天，活動就結束了。即便如此，離開時仍會收到裝著錢的信封。

——如今回想，那份打工真是不可思議……

不，其實麻衣早就隱約明白。那些打工費，是付給「漂亮女大生」這項身分的報酬。每次被邀請，她們就前往指定地點，裝出一臉天真，彷彿不明白自身價值的模樣，開心地喝酒聊天。「麻衣，妳來真的幫了大忙！」擔任讀者模特兒的朋友這麼說，聽得她心花怒放。

然而，自從她開始上班，對方就不再相約。雖然早已隱約猜到原因，這項事實仍迫使麻衣正視青春時代的終結。倘若當初沒參加那份打工，她或許根本不會察覺現實。

進入公司後，麻衣被派去工廠實習，並且打從內心抗拒。

她原本以出版社、廣告公司等媒體相關產業為目標，積極參加求職面試，但心儀的公司全數落空。

最後，她被一家頗具知名度的食品公司錄取，這讓為女兒屢次落選而擔憂的雙親鬆了一口氣。起初，麻衣也感到開心。然而，在工廠裡，她得全身穿戴公司發放的工作服、工具、防塵帽和口罩，處在一個分不清彼此的狀態下，長時間站著工作。漸漸地，腦中便充斥一個聲音呼喊道：「事情不該是這樣！」儘管知道實習結束後就不必再過工廠女工生活，她還是覺得難以忍受。偏偏食品公司是與日常生活息息相關的行業，而麻衣原本嚮往的是那個遠離現實、閃閃發光的世界。

關於這一點，麻衣也曾和拓也討論過。

他同樣嚮往進入媒體或廣告業。這份心情，是無法與那些順利進入大企業就職的同屆朋友分享的。

麻衣原本希望至少能進入公司的宣傳或公關部門，但得知那些職位早已被熟悉兩個領域的資深員工占據，應屆畢業生幾乎不可能被分派過去後，她發自內心感到失望。

實習結束後，拓也被分發到進口部門，麻衣則被派往秘書課。兩人常一起抱怨工作的不如意，一起瀏覽求職網站，甚至聊到是否要以「二度新人」的身分去另外參加面試。

直到麻衣真的付諸行動辭去工作後，兩人就再也沒見過面。拓也總愛嚷著「辭職、辭職」，卻從未真正行動。在麻衣看來，他的行為顯得既懦弱又有些狡猾。

後來，麻衣轉職到一家ＩＴ企業的創新部門，成為新創網站營運部門的正式員工。她拿到了印有「製作人」頭銜的名片，發給同期同事時，大家都笑著喊她「製作人、製作人」。

但實際上，因為人手不足，麻衣得一肩扛起企劃、攝影、採訪和撰稿等工作。起初一切看似新鮮有趣，她也樂在其中，但沒過多久，她便感到整個人彷彿被榨乾，心裡不斷吶喊：「事情不該是這樣！」

就在這時，一家百貨公司推出了美容健康網站，麻衣立刻前去應徵，並以約聘人員的身分開始了新工作。彩子提到的藝人採訪，正是這份工作的內容。

沒過多久，麻衣又對這份工作心生倦怠。這次她到派遣公司登記，如同挑選美食般，時常選擇外表光鮮、時薪優渥的工作，像是綜合商社的會計事務、國際會議的接待工作，或是豪華高樓公寓的銷售助理等。

每份工作都充滿吸引力，但麻衣總是很快就失去興趣。她的個性容易對事物感到厭倦。

之所以對什麼都容易膩，很大原因是她的生活從不缺錢。

麻衣從小因氣喘而備受父母寵愛，即使長大後已完全康復，父母仍為她操心。如今三十歲的她，每天仍有父母為她準備健康、營養均衡的三餐，甚至為她洗衣、烘衣、打掃房間。麻衣偶爾也會自嘲，自己恐怕是世上最被寵溺的三十歲，卻也不打算放棄這舒適的生活。

然而，在內心深處，她一直感到渴望。

渴望找到一個能實現自我生活方式的支點。反過來說，正因為生活中缺乏這樣的支點，她才會經常感到自卑。

「江原，妳還接受過手帳的專訪啊？涉獵範圍真廣！」

坂東如此搭話。他明明是同期同事，難道之前不知情？還是故意裝作剛得知？

「那只是雜誌為了湊頁數的採訪罷了……」

愛美輕輕搖頭，麻衣覺得她實在無需如此謙虛。

「其他公司的女孩也有受訪，但愛美的版面特別大喔。」

麻衣用開朗的語氣說。

「真的太強了！」

坂東再次驚嘆，然而……

「我們已經不是能被稱為『女孩』的年紀了。」

愛美平靜地說。

「等妳當上社長，記得雇我當司機！」

坂東開玩笑說。

「不行不行，愛美，要找開車技術更好的司機！」

麻衣也笑著接話。

「我的開車技術很棒好嗎！」

「不，你比較適合幫忙拿包包吧？」

「沒問題，包在我身上！」

就在麻衣與坂東一搭一唱時，麻衣注意到愛美從剛才便沉默不語。

「愛美？」

麻衣輕聲呼喚，愛美靜靜瞥了她一眼，眼神似乎有話想說，卻又像是放棄了。

下一秒，愛美突然說：

「我該回去了。」

她從高腳椅上一躍而下。

「咦？」

麻衣一時愣住。

「保母差不多要下班了，抱歉。」

愛美說完，轉眼間便走出店門。

麻衣呆望著愛美離去的出口，追了上去，卻又猶豫自己是否也該回家。

坂東壓低聲音說：

「她壓力應該超大吧？聽說他們部門狀況不太好。」

「咦！業績不好嗎？」麻衣訝異地問。

「聽說『咕嚕咕嚕』的App其實沒什麼利潤。」

「等等，有App？好厲害！愛美連App都做了？」

「是啊，但好像沒賺錢。」

坂東的語氣帶著一絲興奮，麻衣心中頓時警鈴大作。

「沒賺錢？」

「因為高層很喜歡，所以無法輕易取消，但其實沒賺什麼錢，只是個有趣的企劃罷了。有人在傳，江原能想做什麼就做什麼，是因為她把高層哄得團團轉。」

「呃，坂東，你是感到眼紅嗎？」

麻衣脫口而出。

「蛤？」

坂東張大嘴巴。

「你該不會覺得愛美被提拔，是因為她是女人，所以受到偏袒吧？」

麻衣索性說得更直接。

「我才沒這麼想！妳對我偏見也太大了吧？」

「我一直都知道，愛美會是我們這群人裡最早出人頭地的。」

麻衣堅定地說。

坂東露出嘻嘻笑臉，卻沒再繼續回嘴。

「你還記得我們在工廠實習時，領班對愛美說了什麼嗎？他說：『我都想把整條生產線交給妳了。』愛美和我們這些只想趕快結束實習、回到總公司的人不同。即使知道實習結束就能去做辦公室工作，她還是認真想改善工廠流程，甚至提出重組團隊的建議。那叫什麼？認真？還是誠實？那就是愛美的實力，不是嗎？坂東，你其實也知道吧？實習結束時，我們不是還聊過這件事嗎？為什麼現在卻說她『把高層哄得團團轉』？」

麻衣一邊說，內心一邊湧起想哭的衝動。

啊——我比任何人都希望愛美被認同。

這句心聲湧上心頭，她後悔剛剛沒能追上愛美。

「妳誤會了，那些話又不是我說的。」

「對，但流言就是這樣傳開的，不是嗎？這種人最討厭了。你該不會也對西和三芳說了同樣的話吧？坂東，你明明知道，即使高層喜歡愛美，也不是因為她會操控人心，純粹是因為她工作認真！」

麻衣一鼓作氣說完。

原本以為會遭反駁，但眼前的同期同事不再嬉皮笑臉，而是微微撇嘴，露出像孩子鬧脾氣般的神情。

「我知道啦。」

「既然知道……」

「可是，部長他們老是對我說『你的同期都當部長了』、『被女人超車了』之類的，我聽得煩死了。」

坂東不耐煩地說，麻衣心裡長嘆一聲。

「聽到這種話，確實很煩。」

「對吧？」

「不過，沒想到現在還有人會說『被女人超車』。」

「很多喔，這種人到處都是。」

「日本的確還是這種氛圍。」

「社會就是這麼守舊啊。」

「但，這跟愛美無關吧？」

「嗯，跟她無關。她真的很能幹。」

「既然這樣，身為同期，你應該站在她這邊啊。」

坂東靜靜聆聽，脖子迅速點了兩下，表示贊同。

麻衣用些許不忍的眼神，看著氣勢全無的同期同事。

只因她很早就辭職，彷彿進行了時光跳躍，沒能看見公司內部陰暗的人際關係、嫉妒糾葛與性別歧視。不同於仍在公司上班的同期同事，麻衣心中仍保有大家剛進公司時的青澀模樣。因此，她清楚記得坂東在說出「把高層哄得團團轉」這類尖酸話語之前的樣子。

記憶裡，坂東在第一次自我介紹時說：「我是因為參加體育社團加分才被錄取的那一型。」這句話既像自嘲又帶點自豪，引來眾人熱烈鼓掌。他比誰都能喝、愛笑，總能炒熱氣氛。即使出了社會，他仍加入鐵人三項社團，勤練體能。麻衣深信，在他內心深處，那份開朗與堅強依然存在。二十二歲的他曾經懷有對公司與工作的敬畏，以及對踏入社會的純粹憧憬，她相信這些特質，現在依然存在於眼前的坂東身上。

然而，麻衣也感到這些特質正一點一滴流失。社會是一個大染缸，他並非完全沒變。

話說回來，剛剛愛美說：「我們已經不是能被稱為『女孩』的年紀了。」當時只是順順聽過去，但這或許正是愛美對現實的真實感受。

是啊，我們已經不是「女孩」了。

麻衣嘟著嘴，下意識環顧店內。其他客人雖是已能喝酒的年紀，卻也完全足以稱作「孩子」。

她想起工廠實習時的同期夥伴，也曾是「孩子」。

曾幾何時，我們不再是「孩子」了？

麻衣在須臾間揣度現在的自己——儘管隨身攜帶網路訂購的時髦名片，實際年收入僅相當於依附在扶養範圍內的家庭主婦，若不住在父母家，根本無法維持生活。然而，她卻在百貨公司輕鬆購買非折扣的服飾，悠哉參加熱瑜伽課程，每月造訪美髮沙龍。能過如此奢侈的生活，全因媽媽不時給她零用錢。

——我們已經不是能被稱為「女孩」的年紀了。

這句話或許不是愛美的自言自語，而是說給我聽的吧？

就在這時，後方座位爆出一陣笑聲。不知什麼事如此熱鬧，那群剛出社會、穿西裝的年輕人笑得拍手、東倒西歪。

「差不多該走了。」坂東說。

「走吧。」麻衣起身。

她想，自己今後應該不會再來這種地方了。

## 江原愛美

與同期同事睽違多時重聚的那天，愛美卻感到莫名疲累。儘管比與保母簽約的時間早了一個多小時回家，感覺有點浪費，但其實她巴不得能早一秒回家癱倒在沙發上。

列車行駛在高架橋上，緩緩越過一條大河。時值假日夜晚，車廂不若平日擁擠，但也沒有空位可坐。愛美一手抓著皮革拉環，任由身體隨列車搖晃。

車窗外，沿河而建的高級大樓燈光映照在河面上，晶瑩閃爍。從高樓的窗戶向下望，會是怎樣的夜景呢？如果是頂樓的房間，又會看到什麼呢？

愛美心不在焉地思索著無關緊要的事，不自覺地嘆了一口氣。隨即，她注意到前方坐著的上班族男子微微抬眼瞥了她一下。

看來自己不小心嘆氣出聲了。愛美一陣尷尬。

她連忙收斂嘴角，輕輕甩甩頭，掏出手機，傳訊息感謝今天款待她的三芳拓也與菜菜。再次抬起頭時，列車已駛過河川。

這是她每晚搭乘的列車，每天抓著皮革拉環眺望的風景。越過河川，從城市進入郊區，住宅區的景觀驟然一變，建築物變得低矮，黑色夜空更加遼闊。對在家鄉小鎮養育孩子的愛美來說，這片景色既熟悉又單調，讓她同時體會溫暖與認命。

愛美從最近的車站走出來，步行十五分鐘回到家。這棟房子是她刻意買在娘家附近的。

原先想以下起小雨為由叫計程車，但她猶豫片刻後，想到還要支付保母費用，便果斷放棄。

推開家門，走廊盡頭的客廳門傳來卡通的聲音。

「我回來了……」

愛美一面低語，一面脫下鞋子，打開客廳門後不由得皺眉。

臨時請來的保母坐在餐桌旁，手托著臉頰，正在滑手機。

看見愛美回來，她嚇了一跳，急忙收起手機，掩飾地說：

「妳回來得好早啊。」

兩個孩子緊貼著電視螢幕坐著。

「喂！這樣眼睛會壞掉，離電視遠一點！」

愛美對著電視機前五歲的優斗和四歲的春斗喊道。

傍晚就出門的媽媽終於回家，沉迷於卡通的孩子們卻連頭也不回，眼睛緊盯螢幕，只是稍微扭動屁股往後挪了挪。

「再退遠一點！我說過多少次了，太靠近螢幕眼睛會壞掉！」

愛美一不小心提高了音量。

「媽，妳好吵！」

優斗轉頭瞪了她一眼，旁邊的春斗則打了個呵欠。平時這時候，他們早該上床睡覺了。

「我本來想讓他們再看一下下，就帶他們去洗澡。」

保母找藉口搪塞。

「沒關係，接下來我來處理，妳可以先下班了。」

愛美冷冷回應。

「可是時間還沒到，我可以幫忙帶他們洗澡呀。」

保母雖然這麼說，但愛美已經不想再讓她待在這個家。

「不用了，謝謝。」

她究竟讓孩子們看了多久的電視？反正會按合約時間付費，愛美只想盡快請這位不負責任的保母離開。

「我已經燒好洗澡水了，本來想再過一下就帶他們去洗，但孩子們說想等媽媽回來。」

保母用討好的語氣解釋，可能怕被留下差評。

「我知道了，謝謝妳。」

愛美簡單回應，送她到玄關，請她離開。

鎖上門後，愛美立刻走回客廳，關掉電視。

「咦——」

「只剩最後一點了！」

「只剩一點點！」

「媽媽是壞人！」

「壞人！」

兩個孩子齊聲抗議，春斗喜愛模仿優斗說話。

愛美突然想到一件事，重新打開電視。他們看的是串流平臺上的卡通，她想確認保母到底讓孩子看了幾集。

查看螢幕，現在是第五集。她記得之前孩子們只看到第三集，也就是說，他們剛剛看完第四集，第五集才播到一半。這部系列卡通每集不到半小時，算起來其實沒看太久。知道這點後，愛美稍稍鬆了一口氣。但因為這場意外的「突擊檢查」，她的心情還是有些煩悶。

說起來，今天的聚會早就安排好了，本來應該由丈夫圭壹在家陪孩子，但他臨時被叫去上班。圭壹在連鎖餐飲店當分店店長，今天原本排休，但因兼職人手出現空缺，他得趕去店裡支援。這種情況經常發生，愛美早有心理準備，所以才臨時找了保母。

她在居家托育服務App上搜尋，卻發現之前請過的保母這時段不是沒上班，就是已經被預約。能在週六傍晚到深夜臨時接案的托育員並不多，好不容易才找到剛剛那名女子。年齡二十五歲，沒有幼保或看護執照，時薪較低，但因為「很喜歡小孩」，評價不算差……

結果呢？她竟然讓孩子看卡通，自己卻在一旁滑手機？想到這裡，愛美又氣了起來。

之前找的每位保母都很懂得照顧孩子，有些甚至讓她安心託付多次。可惜這次沒那麼幸運。

合約規定保母不能做其他家事，所以孩子的晚餐都是愛美事先準備好，讓他們直接加熱吃。那名女子雖強調自己幫忙燒好洗澡水，但這根本沒什麼大不了。浴缸早就刷洗乾淨，熱水器也設定好一鍵加熱，這些全是愛美的功勞。

「離電視遠一點！」愛美再次提醒。

兩個孩子又盯著螢幕，像剛剛一樣只稍微挪動屁股後退。這卡通有那麼好看嗎？第五集只剩不到十分鐘，愛美沒轍，只好讓他們看完。

卡通結束後，孩子們終於安分下來，沒再吵著要看第六集，喊著：「媽媽——」跑來撒嬌。春斗看來已經睏到不行。現在比平時的就寢時間晚了一小時，還要洗澡實在太麻煩，愛美乾脆決定要他們直接上床睡覺。

「快去換衣服，準備睡覺囉。」

愛美用溫柔的語氣說。

「我去拿睡衣！」

優斗乖乖走向臥室，春斗也跟著過去。

凝望著孩子的背影，愛美突然覺得鼻頭一酸。

她猛然為自己丟下孩子跑去喝酒感到深深後悔與自責。孩子明明一點錯也沒有，他們只是乖乖在家等著媽媽回來。看著喜歡的卡通，當然會想湊近螢幕。

愛美再次對剛剛離開的年輕保母感到強烈憤怒。

她心裡明白，剛才對孩子口氣不好，其實是因為無法直接對保母宣洩，才向孩子遷怒。

看著孩子拿著睡衣走過來，心頭湧上強烈的罪惡感。

「來，先刷牙喔。」

她努力用溫柔的語氣哄道。

兩個孩子乖巧地拿著麵包超人的小牙刷，開始刷牙。

「我們來睡覺覺吧。」

愛美輕聲用兒語安撫，然後輪流帶兩個孩子去上廁所。

結束後，她領著孩子走上二樓的和室，帶他們躺進預先鋪好的被窩裡。比平時晚睡的兩個孩子躺下不久，便傳來平穩的鼻息。

愛美安靜走下樓。

她很想打開居家托育服務App，留下負評，寫道：「她趁我不在家時，讓孩子看電視打發時間，自己卻在滑手機。」但眼前還有許多家務等著她收拾。保母和孩子待過的客廳比平常更加凌亂，流理臺上還堆滿孩子晚餐用過的餐盤。

洗碗當然不是保母的職責，她沒有義務多做這些事。愛美理智上明白這點，但一想起保母讓孩子看電視、自己悠哉滑手機的模樣，再看到堆疊的碗盤，她就覺得更加氣惱。

愛美拖著疲憊的身軀，強迫自己把碗盤洗淨、餐桌收拾整齊，再將散落在電視機前的玩具集中到角落。仔細一看，地毯上滿是餅乾屑，若不是時間太晚，她真想立刻拿起吸塵器吸一吸。

「唉——」

忙完一輪家務，愛美從廚具櫃深處拿出一包菸。

她大學時只短暫抽過菸，原本以為自己不會再碰，但自從嫁給有菸癮的圭壹後，她也開始偶爾抽上幾口。後來圭壹戒菸，她也跟著戒了。然而，自從升任課長後，她又恢復偶爾抽菸。愛美挑了焦油量較低的淡菸，一次只抽一點。此刻，她謹慎地打開後門的窗戶，啟動通風扇，點燃一根菸。

正當她靜靜吐煙時，耳邊傳來一聲：

「媽媽？」

轉頭一看，優斗就站在旁邊。

愛美嚇了一跳，連忙捻熄香菸。她不想讓孩子看見自己抽菸的模樣。

「怎麼啦？」愛美小心翼翼地問。

「……妳在生氣嗎？」優斗反問。

「為什麼這麼想？媽媽沒生氣啊，你醒了？」愛美柔聲問道。

「嗯。」兒子輕聲回答。

「要不要上廁所？」

優斗點了點頭。愛美牽著他去上廁所，然後帶他回到兒童房。

春斗已經睡得香甜，或許是見到弟弟睡得安穩，哥哥優斗覺得自己被拋下了。

從小，優斗的個性就比較纖細易感。

愛美輕聲哄著優斗重新入睡，確認他發出均勻的鼻息後，才躡手躡腳地走出兒童房。

直到這一刻，愛美終於坐到沙發上，拿起手機，打開居家托育服務App，準備在問卷中為今天的保母寫下負評。

讓孩子貼近電視機坐、自己在滑手機、廚房被弄得亂七八糟……

她原本想狠狠寫下幾筆。

然而，一打開App，愛美卻像洩了氣的氣球，怒氣瞬間消散。

如果批評得太不留情面，會帶來什麼後果？或許能一吐怨氣吧，但事情已經過去。而且，她和孩子的住址已被對方知道，若因此結下怨恨……

再細想，今天若不是這位保母臨時接下工作，自己也無法外出。

因為是臨時在線上尋找，平時熟悉的保母都沒空。找到這位保母時，愛美確實感到幸運，況且她的時薪比其他熟悉的保母低。雖然表現不盡理想，但孩子既沒出事也沒受傷，愛美覺得自己或許應該心存感恩。這些念頭湧上心頭，使她點擊手機的手指慢了下來。

最後，愛美只寫下中規中矩的感想與中規中矩的評分。

回頭翻看這位保母先前的評價，果然也是中規中矩、不慍不火。人與人之間，實在沒必要對幫忙照顧孩子的對象過分苛責，況且住址暴露也可能帶來風險。

話說回來——

時薪一五〇〇日圓×七小時＋手續費十％＋交通費一二〇〇日圓。

愛美在腦中計算了一下，忍不住咂舌。

只是晚上出去一趟，竟然就花掉這麼多錢。

如果是為了工作還情有可原，為了玩樂實在太划不來。明明只要像平時一樣待在家，就能省下這筆開銷。

愛美一邊嘆氣，一邊滑開手機，發現母親傳來LINE，確認明天的行程安排。

她才猛然想起，父親臨時要打高爾夫，明天得由她陪母親去醫院。

母親顧慮她的心情，寫道：「如果不方便，我自己去也沒問題喔！」還附上一張笑臉貼圖。但這次回診本來就是配合愛美的時間，特地預約在星期日。她當然不可能讓母親獨自前往，這段時間只好拜託先生幫忙照顧孩子。圭壹雖然對家務和育兒得心應手，但愛美也希望在難得的假日，讓他好好在家放鬆休息。

說起來，當初會在娘家附近買下這間房，就是想請母親幫忙顧小孩。然而，搬來沒多久，愛美剛結束連續休的育嬰假，正準備重返職場努力工作時，母親卻突然罹患大腸癌。

大病就如字面所述，來得突然，瞬間顛覆了一切。

在此之前，愛美從沒想過母親會生病。她平日在朋友開的咖啡廳幫忙，每週還會去健身房跳幾次有氧舞蹈，留給愛美的永遠是健康開朗的印象。

然而，疾病不會「突然」發生，而是在不知不覺間，悄悄在母親體內滋長。

其實，徵兆早就存在。母親很久以前就常提起痔瘡、看中醫的事，只是愛美被育兒忙得團團轉，沒能把母親的話放在心上。當然，她有表達關心，勸母親去醫院檢查，但母親堅信只是「痔瘡」，主治醫生也就如此診斷。人上了年紀，身體難免有些小毛病呀——愛美接受了母親的說法。

直到一次劇烈疼痛，母親才到附近醫院就診，隨後轉到大學醫院做進一步詳細檢查。

「其他器官都沒問題，幸好發現得早。做個簡單的手術，很快就能痊癒。」

母親大概是顧慮正在育兒的愛美，刻意說得輕鬆，好像沒什麼似的。

然而，這個消息卻令愛美震驚到連自己都感到意外。她一直以來都很仰賴母親幫忙，深知母親永遠會是自己的後盾。一想到可能失去母親，她嚇得全身發顫。

她上網查詢、翻閱書籍，認真研究大腸癌，讀過許多患者的親身經歷後，慶幸母親的情況如她所說，沒有轉移到其他器官，確實是不幸中的大幸，也暗自感謝老天的眷顧。只要手術順利，後續治療得當，母親就能健康長壽。這些資訊讓愛美振作起來，她重新調整心情，告訴自己不必過分驚慌，只要按部就班完成該做的事，穩穩當當進行治療就好。

實際上，父親請了照護假，母親的住院期間及後續治療，對愛美造成的負擔不如想像中沉重。完成預定療程後，母親逐漸回歸日常生活，甚至重返健身房上課。

然而，當母親說出病名的那一刻，愛美心頭彷彿凍結的震撼，已深深烙印在心底。

她深深體悟到，自己不能永遠依賴母親，母親不可能永遠健康地陪伴她，生老病死是既悲傷卻又理所當然的事。這些領悟使愛美的心境悄然轉變。

她決定全力以赴，珍惜當下能做的事。

想到父親為了多陪伴母親，申請調職而減薪，愛美明白不能再依賴娘家。她下定決心，要靠自己的力量努力向前。

儘管不方便出差或應酬，但她把工作帶回家做。孩子入睡後，她常在深夜獨自對著電腦加班。這段期間，她連日睡眠不足，通勤時覺得身心俱疲。為了節省時間，她吃飯總是狼吞虎嚥，卻絲毫沒變胖。到了假日，趁著圭壹帶孩子去公園，她常快速做完家事，便從中午開始補眠，一路沉沉睡去，宛如一灘爛泥。

儘管日子過得辛苦，幸運的是，她遇到了幼兒園的好老師，也透過居家托育服務App找到幾位宛如貴人般的保母。雖然今天的女子不太及格，但App的登錄者中，確實有不少非常擅長照顧孩子且充滿愛心的人。

因為有這些人的幫忙，愛美才能勉強撐過艱難的時期。

此外，愛美的直屬上司——數位推廣部的大原部長，對她的處境十分理解，也是莫大的助力。

向大原坦誠母親生病後，他也向愛美分享，獨居鄉下的父親裝了人工肛門。自己也是每天與太太討論，現在父親的狀況或許還能應付，但未來可能需要接他來同住，或考慮讓他入住養護機構。

因為自己也有罹患相同疾病的親人，大原十分體諒愛美的處境，在工作上給予許多方便。

由愛美提出的企劃——將公司推出的冷凍食品的最佳解凍方式做成短影片，並整合成可用QR Code掃描、方便搜尋的頁面銷售策略，也是在大原的協助之下得以實現。

以愛美的提案為基礎打造的食譜網站「咕嚕咕嚕」，第一支影片就獲得超乎預期的成功。

以此為契機，公司成立了「咕嚕咕嚕」專案小組，愛美也順理成章成為小組長。為了拓展「咕嚕咕嚕」，她撰寫了創意料理介紹與製作流程的短影片企劃。

當時，愛美對自己一手打造的「咕嚕咕嚕」企劃充滿熱忱，致力於充實更多內容，讓大家更喜愛這個網站。對她而言，擔任小組長不過是附加的角色罷了。

然而，為了爭取公司預算，大原提議將「咕嚕咕嚕」獨立為一個部門，並由愛美擔任負責人。

公司向來傳統保守，組織變動並不常見，但由於高層對數位部門不熟，新提案往往容易通過。

或許是大原在公司頗具影響力，最後「咕嚕咕嚕」交由企劃課負責，而愛美也意外被任命為課長。

老實說，愛美對此感到相當困惑。根據公司一般的升遷流程，通常要到三十出頭才可能升任課長，但她卻越過幾位資歷更深的同事，直接獲得提拔，這件事還成了公司內的熱門話題。

儘管內心疑惑，大原的信任與期待卻點燃了愛美的工作熱情。國中和高中都擔任學生會長的她，屬於那種會努力回應別人期待的個性。

她想起大學畢業學姊曾說：「比起工作的熱情、社會貢獻或薪水，人脈才是職場中最重要的事。」

當時她還心想「怎麼可能」，如今才明白學姊完全說對了。

被信任、被重用，是順利完成理想工作的前提。說到底，工作本質上就是人際關係的經營。人脈越廣，工作就越順手。而愛美正巧處在一個良性循環中。比起追求個人成就，她更希望回應大原的期待，使組員的工作更順暢，讓「咕嚕咕嚕」的內容更豐富，是這些信念驅使愛美全心投入工作。

愛美原本想當公務員。與同年朋友相比，她並不追求工作的意義或光鮮亮麗，更看重踏實與穩定。

愛美在大一時加入以成為公務員為目標的社團，做了職業適性心理測驗。測驗顯示她對工作的優先考量依序為：一、穩定；二、能幫助別人；三、能與私生活清楚切割。

同時準備地方公務員考試與企業求職面試的日子極為辛苦。她在大學期間加入專為公務員考試設立的補習學校，同時參加民間企業的求職面試。社團裡的學生大多一邊準備公務員考試，一邊尋找企業就業機會，愛美也不例外，打算兩頭並進。然而，實際嘗試後她才發現，公務員考試曠日費時且競爭激烈，絕非一心二用的人能輕易考上。除了少數從大一就全力備考的學生，幾乎所有考生都在中途放棄，愛美也是其中之一。

不過，能被一家地位穩固的食品公司錄取，實屬幸運。

愛美就職的公司以數款「國民級」冷凍食品聞名，雖然規模不是業界最大，但名聲響亮，被認為絕對不會倒閉。她的父母與親戚都為她找到這份工作感到高興。

實習結束後，愛美被分派到至今仍隸屬的數位推廣部門，這是一個剛成立的新部門。

在同世代友人中，愛美個性較為古板，平時也不玩社群媒體，被派到這個新領域，實在很詭異。要說的話，同期同事麻衣從學生時代就在各大社群媒體上小有名氣，感覺比她更能勝任「數位廣告推廣」這項任務，但麻衣卻被分發到秘書課。

後來，愛美才從大原那裡得知，這家公司在第一次決定職務時，不會考慮員工的志向與適性。

據說這是公司創辦人的理念，希望年輕人能多多拓展視野、跨越逆境……諸如此類。儘管愛美覺得這與時下講求專業分工、適才適所的時代潮流背道而馳，但學習新領域也令她樂在其中。反觀被分發到秘書課的麻衣則滿腹怨懟，沒做多久就辭職了……

愛美一邊回想往事，一邊想起剛剛還與她在一起的麻衣。

麻衣外型亮眼，即使在新人時期穿著樸素的深藍色套裝，仍散發出一種華美的氣質，今天的她更是格外耀眼。雖然僅是簡單的上衣搭配牛仔褲，卻顯得清新脫俗。脖子上那條細緻的金項鍊小巧到不仔細看幾乎不會察覺；相比之下，耳垂上搖曳的大垂掛式耳環則格外醒目，她挑選的每件精品都流露洗練的品味。

麻衣還送了愛美一小瓶搭配數種芳香精油調製的香水，這份時髦的禮物十分符合她的風格。

她還分享了香味背後的故事——聽來極具吸引力。然而，在被兩個小男孩填滿的忙碌育兒生活中，愛美心知自己沒有機會使用香水，只能在心裡默默放棄。

愛美不禁思忖：我離開後，坂東和麻衣現在怎麼樣了呢？

雖然已近午夜時分，或許他們還在同一間店裡繼續喝酒。

愛美一邊想著這些，一邊打開電視。距離店面關門、圭壹回到家，只剩大約四十分鐘。

「再喝一點吧。」

愛美喃喃自語，從冰箱拿出特價時買的檸檬沙瓦，輕輕拉開拉環，然後看起網路串流的韓國連續劇。

這是她偶爾會追的法庭劇，但不知為何，今天就是無法專心。眼睛跟著字幕移動，腦袋卻完全沒吸收內容。

為何如此心浮氣躁？

內心湧起的黑霧，比起保母的事更加令人窒息。

她深吸一口氣，靜下心來，重新審視自己內心的黑暗。原因來自坂東和麻衣的對話：

——應該會是同期裡第一個當上女部長的吧？

——應該是公司史上最年輕部長、最年輕高層，然後成為第一位女社長！

愛美知道這只是隨口的玩笑話，但聽到的當下，心情卻意外地波濤洶湧。冷靜下來後，她覺得自己轉身離開的態度不夠成熟，也明白坂東和麻衣並無惡意。即便如此，他們的話語也不是真心的讚美。

「咕嚕！」她一口氣喝乾檸檬沙瓦。

「亂說一通！」

愛美難得發起牢騷。

「什麼叫同期裡第一個當上女部長？女社長又是怎樣啦！」

可能是醉意使然，她真的開始火大了。

「他們根本什麼都不懂！」

……不，也許並非如此。或許他們「早已看透」，明白她只不過是個裝飾用的課長。

裝飾用的課長……

愛美並不是最近才開始思考這件事。

關於創立「咕嚕咕嚕」企劃課的理由，大原的說法是——這樣更好爭取預算，廣告與創意分開也便於管理。當時，大原把愛美叫進會議室，提議由她擔任課長。

「妳的性別和年齡可能會在公司引起議論，我希望妳有足夠的覺悟和決心來迎接挑戰。」

打從心底信賴大原的愛美鞠躬說：

「謝謝您的提拔。」

然而，內心深處卻冒出疑惑。「年齡」她還能理解，但「性別」又是什麼意思呢？

自從進公司以來，她從未感受到公司內部有性別不平等的現象。對一心想做到退休的愛美來說，當初在說明會和面試時，看到不少女性職員，也是她選擇這家公司的原因之一。她原本以為，正因為這是一家與飲食相關的公司，高層特別重視女性員工的意見。實際上，她這一屆的男女比例也各占一半。與從事商社或其他行業的朋友分享的情況相比，她甚至為公司沒有性別差距感到自豪。

成為公司首位二十多歲的女課長後，愛美身邊開始湧現各種讚美，她也逐漸察覺盲點。

沒錯，公司裡的女性正職員工確實不少。

但女性主管呢？女性部長呢？女性董事呢？

直到升任課長，愛美才開始懷疑，公司是否為了趕緊打造一位「二十多歲女課長」而倉促行事？她身為兩個孩子的媽媽，新企劃又碰巧做出一點成績，彷彿一塊恰到好處的拼圖，正好符合公司的某種盤算。

她不清楚提拔她為課長的大原是否考慮到這麼多。對愛美來說，她寧願相信，大原是因為看重她的能力才做出這個決定。

然而，公司的算計遠超乎她的想像。

首先，招募團隊注意到了她的存在。

愛美如今成為公司的廣告招牌。課長上任沒多久，公司的徵才頁面首頁便放上了她的大幅照片。即使現在已不在首頁，網頁上依然保留著她的專訪。

那張照片是由專業攝影師拍攝，搭配造型師和化妝師精心打造。拍攝時，愛美對於公司竟然為她投入這麼多資源感到驚訝，甚至覺得感動。

不久後，媒體公關部主動聯繫，表示希望在公司內部刊物介紹愛美。

訪談者是一位比她年長兩屆的女性前輩，問及如何平衡家庭與工作、未來想挑戰的職涯方向，以及與同期同事的友誼等議題。這些內容經過整理後，登在公司內部刊物，並收錄於公司的介紹手冊中。

這次報導，使愛美的生活工作型態開始受到外界關注。來自女性雜誌和網站的訪談邀約接踵而來，完全出乎她的預料。愛美個性低調，不喜歡受到眾人矚目，也不愛被過分讚美。相反地，她更偏好默默做事，即便無人知曉，只要能帶領小組朝正確的方向前進，她就感到滿足了。

然而，這是工作的一環。只要媒體公關部提出邀約，身為公司職員的愛美自然就會接受外部採訪。她明白，這關乎公司利益。儘管專注在工作上的時間因此減少，她仍接受了女性雜誌的專訪。如果受邀擔任「女性活躍〇〇╳╳研討會」的與談人，她也會參加，並在心中告訴自己「這有助於提升公司形象」，同時認真發表意見。她認為，這是她應盡的職責。

公司持續倚重愛美。

他們把愛美當作宣傳重點，在文宣中強調她「身為兩個孩子的母親，二十多歲便升任課長，帶領小組充滿活力地迎接挑戰」。實情卻是，公司內能晉升至課長以上職位的女性寥寥可數。

近年來，學生們越發重視工作與生活的平衡，尤其女性，更會仔細選擇那些支持結婚、育兒，並接納女性員工長期發展的企業就職。愛美成為讓她們安心加入的榜樣。她清楚自己的職責，覺得只要自己多加油，就能為更多年輕女性開創安心的就業環境。基於這層考量，她不排斥成為公司宣傳的素材。

隨著愛美的曝光度增加，周遭的人似乎都為她感到高興。

「我看到妳的報導了，好厲害！」

「妳上了那本雜誌對吧？好棒！」

越來越多人主動向她攀談。

連大學時加入、以考公務員為目標的社團成員，也在臉書上留言祝賀。「好厲害」、「好棒」這類稱讚不絕於耳。

同期同事也為愛美的晉升感到開心。大家在各自的領域忙碌打拚，卻仍抽空在深夜聚會，為她舉杯慶祝，令她深受感動。「好厲害」、「好棒」等讚美詞，在老友聚會中也時常聽到。

儘管覺得名不符實，愛美聽了仍感到窩心。她心想，為了不辜負大家的期待，自己得更加努力才行。

很幸運地，愛美的小組開發的影音App「咕嚕咕嚕」，免費會員數迅速突破兩萬人。他們與多名料理研究家合作，推出善用冷凍食材的原創食譜，並提供熱量與營養價值資訊。從連結導入公司電商網站的會員訂單也大幅成長，這讓愛美在公司刊物中的社長專欄被點名稱讚了一番。

「江原愛美的創意令人讚賞，但我也想肯定她的團隊，能迅速將企劃化為實體並成功執行。面對來自年輕女性的提案，他們沒有以缺乏經驗為由而直接否決，反而從中發掘商機。這若不是敏銳的商業直覺，什麼才是？」這是大老闆的評語。

這篇報導讓愛美一夕之間成為公司高層的話題人物。在搭電梯或大廳時，董事們開始主動與她交談。

不僅如此，常務董事和高層幹部也會邀請她共進壽司午餐。

只要收到高層邀約，愛美從不拒絕。她單純希望能向經驗豐富的前輩多學習。此外，讓高層認同「咕嚕咕嚕」企劃課所帶來的成果，有助於內部協調，還能確保預算下來，使未來工作更加順暢無阻。她認為這是身為課長的職責。

因此，當高層邀她「一起去打高爾夫」時，她答應「好」。當常務董事的太太說「我這有套舊的高爾夫球具，送妳吧」時，她回應「謝謝」。收到球具後，她會送上禮盒與感謝函作為回禮。若聽到「客戶也會參加」，她便參加高爾夫聯誼賽。僅在賽前稍作練習的愛美，總是與同樣缺乏經驗的年輕客戶爭奪安慰獎，深受老前輩們喜愛，大家都搶著指導這兩位年輕人。

回想當時，約二十名參加聯誼賽的人中，只有三位女性。除了愛美，另外兩位約四十歲的女子雖然氣質出眾，但並非公司員工。彼此雖會閒聊，卻從未提及所屬單位或工作內容。餐會結束後，愛美通常只與幾位由高層介紹的人交換名片。

愛美以孩子還小為由，比其他人早回家。行李一律用寄的，來回都搭乘電車，單程往返鄰縣就要花上三小時。其他人似乎都自行開車，卻從來沒人主動提出要載她一程。

在家裡，有假日全天育兒的圭壹在等著她。但即便先生再能幹，獨自一打二面對兩個活潑男孩，也會累到筋疲力竭。愛美會在車站的便利商店買便當回家。從事餐飲業的圭壹在家不下廚，也從不抱怨吃便利商店的便當，他明白愛美工作一天也很疲勞。

愛美想著，夫妻倆能靜下心來聊天的時間越來越少。

他們總是疲於奔命，兩人都快被榨乾。

愛美常常不清楚自己為何被叫去應酬，但這樣的日子越來越多。即便如此，她依然無法拒絕，只能繼續陪笑臉。為了「咕嚕咕嚕」和自己的小組未來，賣力地進行公司的內外行銷。

大約從半年前起，風向逐漸轉向。

新創公司以「利用冰箱現有食材烹飪當日料理」為核心概念，推出與「咕嚕咕嚕」相似的影音App，並且搶占了巨大的商機。

比較雙方的內容，愛美認為「咕嚕咕嚕」製作得更為精緻，介紹的料理也更講究細節。

然而，競爭對手的食譜數量卻迅速追上，甚至超越他們。新創公司的App除了料理本身，還不斷推出像洗米技巧、蔬菜保存方法等主題的短影片，內容量多且更新速度飛快，迅速拉近與他們的差距。

在深入了解後，愛美提議調整「咕嚕咕嚕」的展望方向。

愛美認為，應該將鞏固會員的策略轉向提升品牌知名度。今後不再侷限於自家商品，而是與合作的料理研究家共同開發原創食譜。為此，預算需要大幅增加；但相對地，一旦會員數量成長，就能將「咕嚕咕嚕」進一步打造成發布訊息的平臺。長期目標是將「咕嚕咕嚕」培育成能創造廣告收益的媒體。

作為「咕嚕咕嚕」的創始人暨團隊組長，愛美始終將「咕嚕咕嚕」的成長置於推銷個人之上。

然而，公司沒採納她的提案。

提案被駁回時，愛美一度以為是自己的想法不夠周全，還重新檢視細節，刪減冗餘部分，提出更精簡的方案。

但最後公司仍未採納。

大原告訴她，在經營會議上，公司認為無需為「咕嚕咕嚕」增加更多預算。大原的語氣顯得理所當然，這讓愛美有點受傷。難道公司和大原都覺得「咕嚕咕嚕」只是為自家產品拉抬業績的工具，無需拓展更大的市場嗎？

愛美不服氣，想再爭取更多資源，卻聽到大原說：

「『咕嚕咕嚕』只要像以前一樣，保持可愛的風格不就好了嗎？」

大原的語氣沒有惡意，也非故意刁難。

「請問『可愛』到底是什麼意思？」

愛美板著臉問，大原頓時有些慌張，表情像是擔心自己一句無心的話被誤解為性別歧視。那是一種下意識知道自己帶有偏見的人才會有的反應。

「不，我的意思是說，跟之前一樣就好。預算越多，責任越重。我們不需要這麼拚命，維持現狀，把App當成自家商品的促銷工具就好。實際上，公司內部的評價不是很好嗎？聽說社長夫人也很喜歡看『咕嚕咕嚕』呢。」

大原雖然有些動搖，但似乎以為這樣說就能討好愛美。

剎那間，愛美明白了大原的真心話和公司的方針。

打從一開始，這個人和這家公司就從未打算將「咕嚕咕嚕」打造為更有規模、更具影響力的App。

「我明白了，謝謝您。」

愛美已學會如何展露笑臉、按對方期望回應的社交技巧與處世之道，也懂得該在何時放棄。

在那之後，「咕嚕咕嚕」繼續作為自家產品的促銷平臺，在公司的官網上發布影片。

如今依然維持這項策略，僅是企劃課下的一個小組。

事實上，工作內容與創立之初並無太大不同。無非是作為促銷活動的一環，向用戶募集食譜。名為比賽的企劃，也只在自家網站和社群媒體上宣傳，報名人數自然不多。愛美腦中曾浮現一些新點子：由年輕組員提案，邀請知名料理研究家評分、將獎品包裝得如出國旅行般帶點豪華感，或在女性雜誌上行銷……諸如此類，但最後只能通通放棄。

因為「咕嚕咕嚕」必須保持「可愛」，公司不會投入更多預算。

放棄之後，愛美腦中驀地出現一道聲音——

我和「咕嚕咕嚕」一起被困在「可愛」裡。

她一直刻意不去深思，但其實早已心知肚明。

在這家公司，跨部門調動時，職位不會被降級。正因如此，愛美無法調職。除非她犯下重大錯誤，否則公司必須讓她擔任課長級以上的職務。

——愛美這麼強，應該會是同期裡第一個當上女部長的吧？

——部長哪夠？應該是公司史上最年輕部長、最年輕高層，然後成為第一位女社長！

愛美想起坂東和麻衣的玩笑話。

麻衣應該不知情，但同樣位在公司內，按部就班從組長升到主任的坂東必定明白，愛美只是「裝飾用的女課長」。即便不了解工作細節，他肯定知道這不是正常的晉升流程。愛美深知，正因為坂東了解實情，才會故意用這種話調侃她。

喀嚓！玄關傳來開門聲。

失神的愛美猛然回過神來。

電視還在播著兩位韓國明星白熱化的法庭爭鬥劇。這齣劇雖然題材嚴肅，卻喜歡在一些奇妙的地方融入老派笑料，意外深得愛美喜愛，但她此刻完全沒把內容看進去，以至於不知道兩人在爭什麼。

圭壹發出一陣含糊的低吟，走進客廳。他原本應該是想說「我回來了」，卻累得連聲音都發不出來。

愛美按下暫停鍵，向他招呼：

「你回來啦——今天好晚喔。」

一轉頭，她不禁愣住。

這就是面如槁灰嗎？她第一次見到圭壹的臉色這麼差。

「小圭……」

她下意識地喚道。

「妳還沒睡？」

圭壹邊說邊走過來，來到燈光下，氣色似乎好了一些。或許剛剛在客廳走廊的角度剛好有陰影，才讓他的臉色看起來特別黯淡吧？

話雖如此，剛剛剎那間將先生臉色看成灰色的愛美，心跳仍微微亂了節奏。她裝出若無其事的模樣，故意用開朗的語氣說：

「肚子餓不餓？我去做一點簡單的東西吃？」

冰箱裡有烏龍麵和雞蛋，冷凍庫應該還有菠菜。

「不用，沒關係。」

圭壹回道。

「洗澡水已經熱好了喔。」

「哦——謝啦！」

圭壹笑了，笑容與平時無異，愛美總算鬆了一口氣，說：

「看你臉色不太好，是不是累壞了？」

她提醒自己要盡量說得輕鬆，但話音剛落，背後卻竄起一陣寒意。母親告知可怕病名的回憶湧上心頭。圭壹還年輕，學生時期也常運動，身體應該很健康。她告訴自己，不可能有事。

「是啊，今天忙到很晚才回來，不過有個好消息。」圭壹說。

「什麼好消息？」

「公司把一家新店交給我負責。」

丈夫分享了這個消息。

「咦？是要多兼一家店嗎？」

這真的是好消息嗎？愛美難掩忐忑。

圭壹在連鎖餐飲集團工作，旗下擁有提供葡萄酒的休閒義大利餐廳、以包廂為主的創意和食餐廳等。這些餐廳比家庭餐廳稍微高級一點，但又不像需要正襟危坐的頂級餐廳，因而廣受好評。他目前在市中心一家義大利餐廳擔任店長。曾有一段時期，因人手不足，他同時兼顧兩家店，忙得像蠟燭兩頭燒。雖然那是婚前的事，但當時圭壹曾因過勞而病倒。

「不，這次我負責新店。」

雖然他的氣色不太好，表情卻很明亮，語氣也充滿雀躍。

「真的嗎？」

「對，我現在是統籌經理，除了現有的這家店，還有一家新店由我全權負責，從開店規劃、人事挑選到菜單設計，全部由我主導。」

「哇，好厲害！」

愛美吃了一驚。統籌經理應該是店長的上一個職階。

「所以，雖然會有點辛苦，但現在正是努力打拚的時候。」

「沒錯，我懂。」

「不過，妳一邊工作一邊當媽媽，想必也很累。如果可以，我們就多請保母或家事幫手吧？這樣應該能撐過去。」

「好。」

愛美點點頭。雖然答應了，但請保母和家事幫手費用不低。他們還有房貸要繳，孩子的教育經費也得存下來，考慮到這些，實在難以輕易委外。到頭來，這些家務多半還是會落到她身上。但當初創立「咕嚕咕嚕」時，圭壹確實分擔了不少家務，愛美覺得這次輪到自己多出力了。

「你先去洗澡吧。」

愛美貼心地說。

「謝啦。」

不知是否多心，看著圭壹走向浴室的背影，總覺得他比記憶中瘦了一些，背也微微駝了。

我要更努力才行。

愛美在心中低語。管他是裝飾課長還是什麼頭銜，既然她是課長，領的職務津貼就比同期多。當她忙著懷疑自己因為性別受到禮遇，既要面對旁人的猜疑，又要為那些不切實際的職涯野心感到鬱悶時，或許遺漏了什麼重要事物。

聽著圭壹洗澡的水聲，愛美暗自下定決心。

我要用自己的方式工作，好好守護家人，活出屬於自己的人生。

## 岡崎彩子

當同年的正職女同事邀請岡崎彩子參加家庭派對時，常被幾位正職男同事喚作「派遣小姐」的岡崎彩子反射性地回答：「我要去！」臉上還掛著無懈可擊的微笑。然而，從那天起，她花了一週時間苦思如何婉拒這場邀約。

最後，彩子還是去了。因為邀請她的正職女同事——三芳菜菜，三十歲、社內結婚、懷孕中——連日來用天真無邪的笑容，熱情地與她攀談：「妳喜歡吃什麼？」「不用帶伴手禮喔！」「從我們家到妳家，連轉車時間算進去，大約四十分鐘就能到。」

看著菜菜神采奕奕地以彩子會參加為前提找她聊天，彩子錯失了拒絕的時機。但或許在她內心深處，也想多認識菜菜與她的同期同事吧。

菜菜事先提到，會邀請當初一起在工廠實習的同期同事來參加。

彩子小心翼翼確認道：「在老同事敘舊的場合，我貿然加入，真的好嗎？」菜菜則拍著胸脯保證：「完全沒問題喔！」她說有人已經離職很久，大家都很好相處，務必請彩子一起來玩。

聽說參加的人包括公司內很有名的江原愛美，以及偶爾在工作上聯繫、氣質沉穩令人安心的西孝義。正因為有這些人，彩子也開始期待能結交新朋友。

但最大的原因是——

彩子早在不知不覺間，喜歡上菜菜這個人。

剛進公司時，彩子曾對菜菜懷有戒心，更不打算與正職員工深交。然而，菜菜總是毫無心機、不厭其煩地找她聊天，偶爾交代工作時也態度親切有禮，指示清晰易懂。更令人安心的是，菜菜不會隨著心情對人忽冷忽熱，也不會因對象不同而改變態度。她那大方又公正的性格，使得彩子隨著相處時間增加，越發被她的人格特質吸引。

認識一段時間以後，彩子早已對菜菜卸下警戒，兩人感情好到會中午一起吃便當。

兩個女孩輕鬆聊著連續劇、偶像和公司裡的傳聞，彩子彷彿找回了學生時代的純真友誼，再也不會因上班而感到痛苦。她希望能盡量延長在這家公司的任期，除了公司氣氛相對輕鬆、沒有她心目中定義的「怪人」，菜菜的存在更是占了很大的比重。

在前一家、前前一家，以及前前前家公司，以及彩子剛畢業時進入的稅務師事務所，她都沒能久待。

彩子不僅擁有二級記帳士證照[2]，還考取了多張證照，行政事務處理起來得心應手。憑著謹慎的個性，她在工作上從未出過大錯。

無法久待的原因在於人際關係。

彩子經常莫名其妙被年長女同事疏遠，還會聽到一些令人不舒服的話語，甚至遭受各種小動作的陷害。相對地，指導她的男性前輩和已婚男上司卻不知為何特別喜歡她，常糾纏不休地想約她出去。

表面上看是如此，但實際上呢？

——莫名其妙被疏遠？

——不知為何特別喜歡她？

莫名其妙？不知為何？真是如此嗎？

這種情況連續在四家公司發生，彩子不禁懷疑：難道自己有什麼特異體質，容易被同性討厭，卻特別受年長男性喜愛？

想來想去，彩子將這些狀況歸咎於自己對年輕的不自覺，以及缺乏女性朋友的影響。

有時在電視上看到二十歲藝人幼稚的發言，彩子都覺得彷彿看到了從前的自己一樣。

不擅長使用敬語、不懂得說謝謝、總是太過小心翼翼，還有明明不習慣卻刻意逢迎討好別人。回想起來，她真不願意面對從前的自己。

即便如此，職場上總有「怪人」，會說一些沒必要又討人厭的話，故意忘記交代工作，或是一股腦地把事情全推給她。

至於那些年長男性喜歡找她聊天，會不會是因為她看起來總是很孤單的關係？

彩子無法融入其他行政女同事當中，在公司總是落單。雖然不至於被排擠，但她清楚自己從小就難以融入團體。即使在只有兩人的小圈子裡，她也無法主動開口說話。

因為她總覺得，自己的話不值得別人花時間聆聽。

2 日本工商會議所主辦的檢定考試，難度中等，具備會計實務操作能力。

彩子下意識地在內心角落想著：「沒人想聽我說話。」

她羨慕那些能在人群中自信談笑、引來歡聲的朋友。他們不僅能讓眾人開心，也自然流露出一股為他人帶來歡笑的自信。

彩子極度缺乏自信心，大概是因為這樣，和女同事交談時總是緊張兮兮。為了怕被討厭，她會不自覺地放低姿態，拚命說好話以討好別人。這種自我貶低的模樣，可能也是別人疏遠她的原因之一。

在第一份工作的稅務師事務所，彩子曾經向願意傾聽工作煩惱的雇主提起這件事，對方告訴她：「這是因為妳的自我肯定感太低。」「妳應該對自己更有自信。」

彩子覺得雇主說得一點也沒錯。

她總在內心深處覺得自己毫無價值。

那位點出她自我肯定感不足的稅務師，帶她去有吧檯的和食餐廳，壓低聲音說：「其實啊，我決定錄用妳的原因是……」他說，關鍵在於履歷表上的字跡。如今回想，彩子真不知對方在說什麼，但當時剛滿二十歲的她只是單純覺得感激，認為這位雇主真是個好人。

男人的稱讚也很巧妙，不是說「字很漂亮」，而是「從端正的字跡能看出認真、誠實的個性」。重新回想，她真想好好疼惜當時因這些話而開心的幼稚自己。她還記得，當她提到自己學過書法時，對方用迷濛的眼神說著：「妳是大小姐啊。」

事實上，彩子的老家經營洗衣店，家境僅能勉強餬口。她的書法字，是跟附近一位以半志工形式開設書法教室的主婦學來的。從縣立高中畢業後，她進入短大修讀記帳學程，取得了二級記帳士證照。

起初，那位看似因彩子自我肯定感低而特別關照的雇主，漸漸以有婦之夫的身分，以及相當於彩子父親的年紀，向她提出不當的肉體關係要求。

彩子多次委婉拒絕後，他開始向原本就跟彩子關係不佳的行政同事抱怨：「她的想法有問題！」「太天真了！」直接否定她的處事態度。作為這些同事的上司，他不僅未幫彩子改善人際關係，還一再否定缺乏自信的她，甚至批評：「一定是父母沒教好。」到頭來，他也成了彩子眼中的「怪人」。

於是，彩子離開了充滿怪人的事務所，註冊成為派遣人員，開始了工作不穩定的派遣生活。

接下來交往的男人同樣是個「怪人」。在派遣單位，當她被一位已婚上司（又一個怪人）糾纏時，這位同齡男子假裝是她的男友，幫她擺脫上司的騷擾。然而，兩人交往後，他的控制欲日益強烈，甚至無端指責她對其他男人拋媚眼，羅織莫須有的罪名。彩子在合約期滿時辭去工作，還搬了家，只為逃離他的掌控。

在下一個職場，以及再下一個職場，總少不了這類怪人，彩子的周遭總是圍繞著類似的糾紛。

她不確定是不是全天下的女性都有過類似經驗。

但她確實一再遇到這樣的狀況。

每當察覺危險，彩子都會逃跑。每一次逃跑，她都失去了什麼。那或許是在同一家公司累積的資歷、多次完成任務的成就，也或許是她的青春韶光。

儘管知道這樣不行，但二十多歲的彩子只能不斷逃跑。

好不容易，在即將邁入三十歲前，她被派到這家食品公司的財會部，終於能鬆一口氣，好好地深呼吸。

在這裡，她幸運地遇到了一群好人。

財會部長以疼老婆聞名。過去的經驗讓彩子對自稱「疼老婆」或「怕老婆」的人格外警覺，因為不少人言行不一致，私下追求年輕女性。但這位財會部長是真的很愛妻子。證據就是，他向部下聊起自家妻子時，會靦腆地臉紅，令彩子大開眼界，她還是頭一次見到這種人。

財會部還有三位正職員工和一名派遣人員，每個人都個性穩重。他們不僅耐心教導彩子工作細節，就算不慎出錯，也不過分苛責。彩子很快便適應了這個職場，順利到令她不禁懷疑，之前的種種不順究竟是怎麼了？來到這裡以後，她總算能像普通人一樣安心工作。

彩子在公司主要負責出納業務。

包括處理交通費、出差費、招待費等墊付款項，並製作相關文件與請款單。在彩子之前任職的公司，請款單與收據皆採電子化處理與建檔，以便於快速搜尋。然而，這家食品公司仍沿襲傳統，對於超過一定金額的請款單，會將正本歸檔保存。彩子的工作包括妥善管理電子副本與紙本正本，讓人方便查找。這種看似單調的工作，剛好符合她的工作喜好。

由於空間限制，彩子製作的檔案部分存放在管理部的櫃子裡。坐在櫃子前的菜菜個性隨和開朗，常與往來的彩子輕鬆搭話。財會部與管理部會定期舉行聯合會議，兩人常一起準備會議資料，關係因此拉近。隨著友誼加深，彩子才受邀前往菜菜家。

由於主辦人菜菜懷孕，這場派對比預期更早結束。

在前往車站的路上，彩子不知不覺與板倉麻衣並肩而行，心中不免緊張。

聽說麻衣畢業後曾進過公司，但很快便離職。她的言行舉止成熟洗練，難以想像與彩子同歲。加上爽朗的個性，以及細心地為新加入的彩子準備手作香水的洞察力與社交手腕，令人印象深刻。

在麻衣面前，彩子覺得自己彷彿渺小而毫無價值。

就在這時，她的壞習慣又出來了。

「麻衣姊真是多才多藝！」

「聽說麻衣姊是有名的專欄作家，這是真的嗎？」

這些話對彩子而言，是鼓起勇氣才說出口的場面話。每當遇到不易親近的人，她總會緊張，不自覺說出無趣的應酬話。她只懂得稱讚，這是自卑感的反面，因為她對提出別人感興趣的話題缺乏自信。

然而，她越是誇讚，走在身旁的麻衣眼神越顯冰冷。

近距離感受到麻衣態度轉變的彩子內心受挫，自暴自棄地想：「我就是這樣才惹人嫌。」

明知不該如此，為何又不小心犯錯？這件事彷彿被攤開在她面前，提醒著她：這就是妳被同性討厭的原因。

「不用叫姊，我們同歲啊。」

結果被麻衣直接指出來。

彩子頓時語塞，內心黯淡下來。

早知道就不該來。

負面念頭排山倒海而來。

與其他人走在一起後，彩子不再開口。

自己今天是因菜菜給面子才能加入。

一旦這麼想，她便覺得自己很可悲，甚至對邀請自己的菜菜無端遷怒。

菜菜當然不是壞人，甚至可以說，她個性太好了。菜菜從不把彩子努力表現的處世之道當成奉承，總是真誠接受，甚至大方邀請她參加私人家庭派對與同期聚會。早知如此，自己也應該更懂得察言觀色，堅決推辭才對。

回程路上，麻衣與同期會合後，立刻熱絡地聊起天，話題節奏飛快，彩子完全跟不上。

這時，愛美體貼地察覺到她的沉默，主動搭話：

「彩子，今天很高興能和妳聊聊天。」

「我才開心呢！各位都是同期進公司，只有我好像跑錯地方。」

彩子拚命端出笑臉，心想：這個人跟菜菜一樣親切。

「哪有！我們很高興能多認識公司裡的同事，對吧？」

愛美自然流暢的回應透露著風範。她是公司裡年僅二十多歲便迅速升任課長的名人，舉手投足間散發處事圓融的氣息。在派對中，每當談到彩子不熟悉的話題，愛美總會自然地為她說明來龍去脈。

然而，麻衣與愛美的社交魅力與親切態度，此刻卻在彩子內心投下陰影，使她覺得自己是個沒用的人。

當被問到要不要續攤時，彩子瞬間冒冷汗。倘若隨意跟去，不但可能再次破壞好友聚會的氣氛，還會增加額外開銷。今天帶來的伴手禮與交通費，已讓她手頭有些吃緊。菜菜說不必帶禮，但彩子覺得不妥，特意買了水果磅蛋糕帶去。雖然只是家庭派對，算上交通費，總花費與去高級餐廳用餐其實相差無幾。

菜菜雖說空手即可，但似乎已和同期完成分工，前菜、飲料、點心，各由一人負責。彩子帶的蛋糕與愛美準備的瑪德蓮蛋糕重疊了。因為愛美的瑪德蓮蛋糕是小包裝，方便分送作為伴手禮，於是她將彩子的蛋糕分給大家吃。愛美不忘請大腹便便的菜菜坐著休息，自己俐落地切蛋糕。彩子為自己的不夠細心深感懊惱。

「小彩要一起去嗎？」

坂東問道。明明是初次見面，他卻已裝熟地直呼她小彩。

「我明天要早起……」

彩子含糊回應，一面心想，自己不太擅長應付這種人。雖然他看起來不是壞人，但嗓門很大，會使人退縮。

面對語焉不詳的彩子，沒人繼續強應邀約。雖然被勸留也很困擾，但彩子仍感到些許落寞。想到自己懦弱的一面，就覺得會再次被麻衣這種亮晶晶的人疏遠。

「那回家路上小心喔，期待公司再見。」

愛美客氣地告別，其他人則像鬆了一口氣，沒有目送彩子離隊。

車站就在不遠處，彩子加快腳步，覺得今天累壞了。明天是假日，沒有特別安排事情，她只想快點回到家，喝杯熱牛奶，早早入睡。

這時，肩膀被人輕拍了一下。

回頭一看，是剛才同在隊伍中的西。

他們今天幾乎沒交談。彩子知道他常打電話到財會部詢問事務，也在公司見過他。他屬於穩重型，感覺比坂東更好說話。

「我剛剛有叫妳，等我一下……」

西氣喘吁吁地說，似乎是特地跑來找她。

「你沒跟其他人去續攤嗎？」彩子問。

「我打算回家了。」西回答。

兩人重新一起走向車站。就在看見車站時，西說：

「時間好像還早。」

「是啊。」彩子應道。

「那麼，要不要再去哪裡喝一杯？」

西主動提議。

「咦？現在嗎？」

彩子訝異地確認。

「啊——還是算了，時間也不早了。」

西突然結束話題。

速度之快，令彩子莞爾。他一會說要回家，一會說時間還早，隨後又說不早了，前後不一的言行，讓彩子察覺他其實想約自己。

「我可以喔。」

所以，她立刻接話。

累歸累，但她感覺今天終於遇到一個真心想與自己交談的人，心裡有些開心。

「那，我們走吧！」

西的表情瞬間明亮起來，毫不掩飾。

「不過，在這附近說不定會遇到他們……」

「啊，有道理。」

「那我們去——」

彩子提議去其他區續攤。彷彿成了共犯的心情，令她感到甜美的微醺。

於是，彩子與西跳上電車，前往另一區。本來說好只是喝點東西，最後卻走進了家庭餐廳。

兩人點了店內基本的葡萄酒，象徵性地舉杯輕碰。西選紅酒，彩子選白酒。

在燈光通明的店內，彩子並未感到醉意，場面突然有些尷尬。西似乎也不是健談的類型，兩人一邊把玩酒杯，氣氛漸漸安靜下來。

「路上人好多啊。」

彩子率先開口。

進餐廳前，他們沿路看了兩家居酒屋，裡面都客滿。

「真的，人好多。」

西重複了同樣的話。

話題似乎難以延續。

彩子回想麻衣與愛美的模樣。麻衣以自由接案者的身分活躍，愛美則是同期中最有成就的正職員工。雖然與彩子同年，她們的人脈與手腕卻彷彿來自不同世界。若是她們，無論面對誰，應該都能輕鬆談笑、帶動話題，不著痕跡地創造愉快氛圍。相形之下，自己卻如此笨拙。

不過，彩子覺得問題有一半出在西身上。

畢竟是他主動邀約，結果卻讓她為話題苦惱，總覺得不太對。

彩子繼續回想今天見到的坂東與三芳。坂東的說話方式像體育社團出身，三芳則俐落時髦。對彩子來說，兩人都難以親近，但他們的社交能力令人佩服。在菜菜家時，話題大多由他們帶起，兩人會細心與每個人交談，引導話題，還能一搭一唱地搞笑，活絡氣氛。回想起來，西當時也很安靜，不會跟著起鬨。

在公司見到西時，他總給人安靜沉穩的印象。他這次主動相約，除了令彩子感到意外，也不免猜想他是否對自己有好感。但這陣沉默又是怎麼回事？

因為實在太尷尬，彩子決定豁出去帶話題。

「那個……」「那個……」

兩人聲音重疊，相視一笑，互相禮讓「你先說」。

「那我先說了。我在想，每次去財會部問事情，是不是給你們添了不少麻煩……覺得很不好意思。」

「什麼？」

沒想到會聽到這種話，彩子一愣。

細想之後，她記起來了。大約一個月前，西曾拜託他們幫忙多算出差費用，流程因此重跑，但其實不會特別麻煩。這種要求很常見。

「一點也不麻煩。」彩子趕緊說。

「因為有收據後來才拿到，我要是能一次整理好再報帳就好了。」

「這種事很常見，我們經常遇到。」

「我一直想為這件事好好道歉，卻找不到機會。」

「沒關係，那是我們的工作呀。咦，西先生，你是為了這件事才特地邀我的嗎？」

彩子一問，西只是曖昧地點頭說「算是吧」，隨後喝了口酒。彩子也跟著喝了一口，心想怎麼會有這麼認真老實的人，簡直耿直得可愛。同時，她明白自己誤以為對方有好感，完全是想太多。

「呃，岡崎小姐，妳呢？」西突然問。

「咦？」

「妳剛剛好像有話想說，對嗎？」

「啊——對。」

話雖如此，彩子早已忘了自己原本想說什麼。

「我本來想說，今天很開心，你們同期感情真好。」
她隨口打圓場。
西聽了露出放鬆的微笑，說：
「因為我們是一起熬過嚴格工廠實習的夥伴。」
「真好。」
彩子忍不住感慨道。
「岡崎小姐，妳的同期呢？就是跟妳一起進公司的人。」
「我剛畢業時進了一家稅務師事務所，當時沒人跟我同期加入。我是學校推薦進去的，那屆只有我一個新人。」
「咦，好厲害。」
「一點也不，只要有二級記帳士證照，誰都可以去。」
「二級記帳士證照不是很厲害嗎？而且是學校推薦，代表妳成績很好吧？」
被西率真地問道，彩子連忙謙虛說「才沒這回事」。但其實，她的學科成績全是A。
「我念的是短大，畢業典禮時，曾以學年優秀學生身分接受表揚。」

「哇！」

西瞪大眼睛。

「那很厲害啊！」

他的讚嘆充滿真誠，彩子也不禁感到驕傲。或許因為這樣，她不自覺說了起來：「研究小組的老師親自來找我，說他同學開了一家事務所，條件不錯，在那裡連四年制大學畢業的人也要做行政。我覺得聽起來不錯，就去那裡工作了。」

這件事彩子從未對任何人提過，連菜菜也不知道。

她總覺得，對公司正職員工來說，名不見經傳的短大全科拿A似乎不值得誇耀，甚至說出來會有些尷尬。

但不知為何，她想對西傾訴。或許是因為他的笑容真摯自然，誠懇地說同期是珍貴的朋友。彩子覺得他有一顆單純的心，能率真接受任何事。

「那是一家員工數多、滿有規模的事務所，我心想在那應該能學到東西。」

彩子說到一半，西問：

「妳不當稅務師嗎？」

「咦？當然不！」彩子立刻否定。

「差多了、差多了！我之前都做行政，怎麼可能當稅務師！」她一再強調。

「不奇怪，妳很優秀才會接受表揚。」

「因為我讀的是誰都能進的短大。」

說完，彩子對於自己老是自貶感到懊惱。

「我只是不想回老家，加上薪水不錯，才想趕快開始工作。」

她加快語速，想轉移話題。

西似乎沒有放在心上，繼續問：

「妳老家很遠嗎？」

彩子不自覺回答：

「到東京就要將近兩小時，所以我讀短大時是搭電車通學。雖然也不是不能通勤上班……」

對方沒問，但彩子還是不小心說出老家所在的鎮名。這件事連菜菜也不知道。再這樣下去，她覺得自己可能會把老家開洗衣店、如今由哥哥嫂嫂繼承、那裡已無自己容身之處等沒人問的事通通說出來。彩子趕緊閉上嘴。

「真巧。」

西說，接著也分享了自己家鄉所在的縣。

雖然只是巧合，但不算太令人震驚的巧合——那是彩子老家隔壁的縣。他還把彩子家鄉的名產與觀光景點等常見資訊，說得像是只有自己知道的小祕密般，雀躍地與彩子分享，彷彿想強調自己對那裡也很熟。

這種說話方式令彩子放鬆下來，忍不住噗哧一笑。見到她的笑顏，西也開心地綻開笑容。

「妳也是獨居組的吧？」西說。

「已經邁入第十二年了。」

「啊——跟我一樣。」

「你懂！」

彩子從進入短大時開始獨自生活，最初住在學校旁的女子宿舍。當時父母以為她讀完短大會返鄉，但當她告知獲得教授推薦，將到稅務師事務所工作時，父母並未要求她回家。租屋時，他們願意當她的保證人，初期因宿舍費用較低，還補助了一些生活費。

彩子很感激父母的付出，但也明白他們如此通情達理，全是因為哥哥已經決定結婚。

「妳常回老家嗎？」西問。

彩子猶豫著該如何回答。

老實回答並不丟臉，但她不想讓人覺得與家人不合，也不想被認為不幸。說實話，她與家人並非不合，自己也不算不幸。

「大概就盂蘭盆和過年會回去吧。」

彩子簡單回答。

關於老家，她不想多談。每次談到這話題，總有種喉頭哽住的不適感。雖然不至於不合或不幸，但也不是能輕鬆聊起的話題。

「我想也是。」西輕聲附和。

「雖然不算遠，但交通費累積起來也很可觀。」

彩子像找藉口般說道。

「沒人催妳回家嗎？」西又問。

「差不多吧。」彩子含糊回應。

實際上，家人既沒催她回家，也沒說不要回去，他們什麼也沒說。只有祭祖時會打電話確認日期，早已成為連年慣例。

即使彩子不在，父母的生活依然充實。家中院子蓋了哥哥嫂嫂的新房，孩子接連出生，熱鬧不已。

記憶裡，在小鎮那所龍蛇混雜、充斥小混混的公立中學，哥哥與嫂嫂是校園裡了解彼此孤獨的情侶。不起眼的兩人在教室角落低調交往，長大後低調結婚。雖然報喜時嫂嫂已懷孕，但父母衷心祝福這門婚事。嫂嫂的母親與彩子母親熟識，兩人是家長會的夥伴，還常在町內會的遊覽車旅行中坐在一起。兩個家族結為親家，也是小鎮特有的濃厚人情味。

哥哥讀了兩年經營專科學校，日常嗜好只有偶爾打打小鋼珠，毫無前往大城市闖蕩的野心。夫妻倆毫不猶豫地決定繼承老家的洗衣店。嫂嫂從小乖巧，不是會靠男人或事業往上爬的類型。彩子無法想像他們私下聊些什麼，但夫妻倆似乎和樂融融。當年先上車後補票生下的孩子已上小學，還有兩個妹妹和一個弟弟。

反觀彩子，在東京換過幾份工作，目前住在廉價公寓。

因為老家的距離不算太遠，她通常在盂蘭盆期間返鄉住一晚。每次回去，哥哥與嫂嫂的體重似乎又增加一些，兩人彷彿完全放棄打理外貌，卻也努力維持洗衣店生意。父母與哥哥一家和樂相處，孩子們黏著爺爺奶奶，沒有常見的婆媳問題。兩個家庭隨著時間建立起穩固的信賴關係。

然而，那裡已沒有彩子的容身之處。雖然只是順其自然，無從怨懟，但哥哥一家確實一點一滴侵蝕了她的空間。

大約五年前，彩子三坪大的房間開始被用來堆放哥哥一家的私人雜物。烤麵包機、陶鍋、單槓健身器、學步車、兒童攀爬架、畢業紀念冊、圖鑑……這類東西越堆越多。

為了確保自家空間，哥哥一家把不常用的物品搬回老家，堆進彩子的房間。因為地小無法蓋大房，父母也默許這件事。即便彩子返鄉，家人也沒想過要整理空間給女兒住。

最近一次返鄉更是慘不忍睹。哥哥一家把捨不得丟卻用不到的東西高高堆在彩子的床上。關於這件事，彩子對連藉口都不找的哥哥嫂嫂，以及理所當然接受的父母感到氣憤，卻說不出口。

最後，她只能在客廳鋪床睡覺。本來想多住幾天，卻只住一晚便離開。記得大年初一，她徘徊在空蕩蕩的商店街，淚水止不住滑落。

她突然意識到，從小自己就不被重視，父母總是偏心哥哥。

為何之前沒發現？明明哥哥成績不如她，父母卻花錢讓他上補習班。哥哥一時興起練棒球，母親還高興地買了一整套球棒與手套。反觀自己，連才藝班都沒上過。小學的教學觀摩與校內活動，父母總先去看哥哥，順便才來看她。

她知道這只是幼稚的感傷，但淚水仍接連滾落。沒經歷過叛逆期、沒什麼主見的自己，積壓已久的情緒彷彿決堤，淚水中帶著對年幼自己的憐憫。

那天回到獨居公寓，彩子放聲大哭。

比第一間租屋處更廉價的公寓，竟是三十歲的她唯一的避風港。綜合浴廁、單口瓦斯爐、只能勉強放冷氣室外機與洗衣機的小陽臺，距離車站步行十分鐘的廉價套房。

從事派遣工作的她，未來會如何？

倘若失業或生病，到頭來也只能回老家。屆時，哥哥一家的雜物該怎麼辦？要她自己狠心丟掉嗎？彩子滿心焦慮，胡思亂想，看不到未來方向，越想越覺得心情灰暗。

「我每次回家，都差點跟老爸吵架。」西幽幽開口。

「真的啊？」彩子茫然應道。

「所以我已經五年……不，六年沒回家了。」西說。

彩子有些訝異地看著他。明明距離不遠，他卻如此少回家，難道……

「他們逼你繼承家業嗎？」

她想到繼承洗衣店的哥哥，脫口問道。

「不、不，我父母是上班族。跟家業無關，單純是很多方面合不來，我發現保持距離比較好。」

「咦，那過年怎麼辦？」

彩子問完才一驚，覺得自己管太多。或許他只是普普通通跟女友一起過。想到這，彩子臉頰微微泛紅，意識到西是異性。

「抱歉，我問太多了。」

「我每年都逃去國外。」

兩人的聲音再次重疊。

「咦，出國？」

「對，我會在那時候旅行，前後多請幾天年假，提早買平日白天的廉航機票。

意外便宜喔，尤其是去亞洲。」

西流暢說明，彩子卻突然覺得不真實。

她明白西在說國外旅行，但這之於她太遙遠。日常生活中，她從沒想過要出國玩。彩子只在短大時期跟團去過香港，之後護照都沒更新。說到底，觀光旅遊不是她的興趣。

「一個人嗎？」

她已不再擔心問太多，純粹出於好奇，想知道他如何度過年節，想了解自己全然陌生的世界。

西理所當然地回答：「當然。」

「好棒，我也想去。」

脫口而出的話語，令彩子懷疑自己是否因一杯廉價白酒而醉了。

「妳想去哪？」

或許西也醉了，輕聲問道。

「哪裡啊……」

夏威夷……紐約……巴黎……

她在腦中搜尋夢想中的地名。

工作、存款、未來等現實問題似乎瞬間飄遠，只要她想去，彷彿哪裡都能去。

彩子順著這股前所未有的灑脫情緒，繼續舉杯暢飲。

# After......

## 三芳菜菜

寒風掠過脖頸，菜菜不由得縮起脖子。雖說是暖冬，但今天的風挾帶寒意。不久前明明還殘留著夏日的暑氣，轉眼間，秋天彷彿被快轉，冬季無聲來臨——正當菜菜這麼想時，身旁的拓也低吟道：「真的入冬了啊。」

「嗯，已經是冬天了。」

或許是長久相處的默契，夫妻倆常在同一刻想到相同的事。

菜菜想起過去也有過這樣的巧合。記得是初夏時節，她還挺著大肚子，某天從公司回家的路上，心血來潮在便利商店買了冰淇淋；沒想到同一天，拓也竟然也買了那年第一支冰淇淋回家。儘管選的口味不同，但這份心有靈犀，曾令夫妻倆相視而笑。

當時，他還會順便幫我買一份呢——菜菜思忖。

此刻，兩人正為了探訪朋友，漫步在陌生的城市與街頭。菜菜推著嬰兒車，車輪叩隆叩隆地響著，兒子小樹坐在車裡熟睡。「樹」這名字是拓也取的，期盼他能像大樹茁壯挺拔。

嬰兒車蓋著遮陽棚，從菜菜的角度看不到小樹的表情，但既然看不到表情，就表示他正安穩地酣睡。畢竟這孩子只要醒來就不得安寧，不是扯開嗓子哭鬧，就是手腳亂揮，吵著要從車裡出來。小樹還不滿兩歲時，菜菜就已深深體會到，他比同齡的孩子調皮許多。如今即將滿三歲，只有在他睡著時，菜菜才能享受片刻寧靜。

「小樹睡得好熟，大概是累了吧。」菜菜輕聲說。

「剛剛鬧了那麼久，當然累了。」拓也苦笑回應。

菜菜沉默不語，繼續推著嬰兒車前進。

走了一段路，兩人幾乎同時輕呼：「啊……」

那是街道兩旁的櫸木林蔭大道亮起燈飾的瞬間。

然而，拓也看著那些燈飾，忍不住笑了起來。

「怎麼會這樣？」

菜菜望著燈飾，也跟著笑了。

這些點綴市區的燈飾少了浪漫氣息，每棵樹掛上不同色的燈泡，有紅、黃、綠，甚至還有奇妙的紫色，拼湊在一起顯得眼花撩亂，令人忍俊不禁。

「這是商店街的人的品味嗎？」菜菜猜測道。

「真不想住在這種地方。」拓也半開玩笑地說。

菜菜笑著回應：「哪有這麼誇張。」

好久沒和拓也這樣一起笑了。

她不禁思索，因為這點小事就開心的自己，是不是太天真了？此時，宣告冬日來臨的凜冽寒風，正迎面吹向她的衣襟。

三年前，菜菜生下小樹，請了一年的育嬰假。就在她好不容易申請到幼兒園，準備重返職場時，世界卻驟然一變，陷入前所未有的混亂。一場傳染力強、來勢洶洶的新型冠狀肺炎席捲全球。

菜菜望著電視和網路上連日攀升的感染人數，繼續留在家中照顧小樹。

迄今她仍清楚記得當時對未知病毒的恐懼。在此之前，她從未想過自己會是因疾病而嚇得半死的人。回想起來，這是她人生中第一次如此惶恐不安——無時無刻都在注意防疫措施，頻繁地用酒精擦拭門把和桌面，外出採買時小心翼翼地避免與人接觸。每當拓也下班回家或參加聚會回來，她都會擔心他是否會把病毒帶進屋。

日子在緊張的氣氛下度過。回過神來，疫情的恐懼已席捲全國。公司發布通知，禁止員工群聚用餐，並改採輪班制，拓也開始不時在家遠距上班。只要打開電視，都會聽到令人心驚的疫情新聞。曾有一段時間，藥局甚至買不到口罩和消毒酒精，菜菜每天過得提心吊膽。每次外出採買食材，她都會戴上僅剩不多的兩層口罩，再套上尼龍手套，極力做好防疫。

政府接連頒布防疫措施，旅行和外食受到限制，原本預定讓小樹入學的公立幼兒園也暫時關閉。好不容易在家長與地方團體的強烈要求下，幼兒園重新開放，卻隨即傳出園內有人確診。儘管詳細資訊未公開，但Twitter上流傳著疑似由學童引發群聚感染的傳聞。疫情被認為相當嚴峻，幼兒園再度關閉，菜菜實在找不到能托育小樹的地方。

幸好，在她聯繫公司人事部說明情況，經過一些行政手續後，成功延長育嬰假。但就算無法延長，當時的菜菜也沒有心力工作。事實上，她每天數著即將用罄的口罩庫存，垂淚過著心驚膽戰的生活。

沒錯，即便加上公司配發的口罩，庫存仍不到一個月就會用完，她因此害怕得不得了。如今口罩隨處可買，這件事聽來像笑話，但當時菜菜真的夜以繼日地在網路上搜尋購買管道。當她發現一箱一百枚、要價一萬日圓的中國製口罩「剩最後一箱」時，還急忙按下「購買」，真心慶幸「能搶到真幸運」。

又過了一段時間，幼兒園終於做好托育配套措施，菜菜總算能恢復工作。但她並未回到公司上班，而是在原本預留給小樹的兒童房裡，擺上簡單的桌椅和電腦，開始在家遠距上班。這空間本來是為拓也遠距工作準備的，但自從小樹能上幼兒園後，拓也說他可以在客廳辦公。

透過線上通訊軟體，菜菜總算跟久違的同事們「重聚」，卻聽說公司正陷入前所未有的混亂。

這是公司創立以來，首次有這麼多員工同時居家上班。全公司絞盡腦汁，試圖重建管理系統。雖然只能在家工作，但為了保護機密資料，相關文件不允許帶回家。緊急事態宣言發布後，有些員工以「取回遺忘物品」等個人理由為藉口前往公司，順便處理工作。公司也默許這種做法，這種缺乏秩序的狀況持續了好一陣子。把辦公室搬到客廳的拓也，從很早以前就時不時地跑回去上班，還說電車和商辦區都空蕩蕩，格外舒服。

然而，拓也這種隨興的防疫態度，卻讓菜菜壓力倍增。

她想：你怎麼敢這樣輕鬆外出？就算街上再空，搭電車難免與人無形接觸，萬一不小心把病毒帶回家怎麼辦？

每天新聞不斷提醒菜菜病毒有多可怕。她連日常採買都萬分小心，拓也卻似乎沒放在心上。她對公司遲遲不乾脆宣布停班的態度感到生氣。

生活就在防疫與遠距上班的循環中持續著。復職不到三個月，菜菜收到職務異動通知，她被調往客戶服務中心。

菜菜認為是合理的調度。剛回到管理部時，她在視訊會議協助久未見面的同事處理雜務，發現那些硬分出來的工作，他們自己就能輕鬆完成。

職務異動後，菜菜的新工作是收集顧客的「意見回饋」。由於電話聯繫是約聘人員的工作，菜菜的工作更偏向統籌管理，像是彙整回饋意見、篩選重點，並向公司報告。但實際上，她還得處理更多：約聘人員無法應付的客訴也會轉交給她處理。或許是社會籠罩在壓力下，待在家的人變多，客服中心接到的客訴電話激增。有人專程打來抱怨，有人說話鬼打牆，有人突然破口大罵，甚至有人巧妙用言語性騷擾。儘管事先已告知「通話全程錄音」，這些人仍滿不在乎，離譜的電話接踵而來，菜菜每天都得接手約聘人員「舉白旗」的棘手電話。

她常常處理到傍晚，匆匆趕去幼兒園接小樹下課，然後小心翼翼採買日常用品。回到家後，一邊照顧小樹，一邊做家事，直到哄小樹入睡，才坐回電腦前撰寫當日報告並提交。

也因為這樣，菜菜的身體漸漸累積了疲勞。

日子在混亂中度過，直到地方政府開始推動新冠疫苗接種，每天的重症與確診人數才逐漸下降。

隨後，進公司的頻率從一週兩天增加到三天，最後變成一週四天至今。

對菜菜來說，這樣的變化固然令人感激，一方面又教人疲憊。在家上班時，每當接到負能量滿滿的客訴電話，她就感到心情低落，日常生活彷彿罩上陰影。考慮到確診的風險，進公司的日子心中總有不安；奇妙的是，離開「家」這個日常環境後，頭腦和心情卻也煥然一新。她總算明白在疫情初期，曾經那樣小心翼翼的拓也，沒多久便經常找藉口跑去公司的理由了。

然而，搭電車遠比想像中疲勞。過去菜菜從不覺得通勤如此累人，但在經歷漫長的育嬰假與居家防疫生活後，身體似乎不太適應外界的節奏。光是走在高樓林立的商辦區，她就感到疲倦。懷孕生產對身體造成的影響是部分原因，但更多是連日育兒累積的疲勞。白髮多了起來，她忍不住拔掉零散的白髮。黑眼圈越發明顯，但習慣了在家不化妝，她連在口罩遮不住的半張臉抹粉底都嫌麻煩。

縱使辛苦，菜菜仍努力適應這個瞬息萬變的世界。隨著疫苗普及，確診人數大幅降低，社會逐漸恢復平靜，改而吹起一股迫不及待想外出的風潮。看看身邊，電話中心的約聘人員開始結伴外出用餐，或三五好友一起吃便當。疫情時代的騷動，終於緩緩走向終點。

在疫情趨向緩和的某個週末下午，菜菜收到彩子傳來的LINE訊息。

由於彩子在菜菜請育嬰假期間離職，兩人已許久未聯繫。

收到訊息令菜菜開心不已，但是當彩子問：「要不要來我新家玩？」時，菜菜第一個念頭卻是：「咦？現在已經可以隨便去別人家玩了嗎？」

雖然社交距離已解除，遊樂場所也逐漸恢復熱鬧，然而新聞仍不時報導確診病例。在這種時期去朋友家探訪，真的沒問題嗎？

菜菜心裡有些猶豫。然而，彩子的下一則訊息瞬間打散了她的顧慮。

——我現在和妳的同期同事西住在一起。

「不會吧？」菜菜小聲驚呼。

她馬上轉頭告訴拓也，沒想到他也一臉震驚，完全不知情，脫口而出：「真的假的？」

「咦？所以那天來的女生，和西在交往嗎？」拓也問。

「好像是吧。」菜菜為朋友感到高興。

「從什麼時候開始的啊？」

從拓也略帶苦笑和懊惱的語氣中，菜菜忽然感到後悔，自己或許不該這麼快告訴他。

「這我就不清楚了……」

既然都已經同居，應該是交往一段時間了。兩人結識的契機，會不會就是三年前邀請大家來家裡聚餐的夜晚？菜菜仔細回想。

說到西，菜菜覺得他是同期同事中最難捉摸的一個。在聚會中，他從不大聲說話，也不會刻意炒熱氣氛，菜菜一度以為他對人際交往沒什麼興趣。剛認識時，坂東和拓也常拿他開玩笑，但他似乎不以為意，總是淡然以對，久而久之，大家也就不鬧他了。菜菜覺得他的態度很成熟，教人欣賞。西從不缺席聚會，偶爾還會在LINE群組丟幾張有趣的貼圖，感覺並不排斥與人互動，但要想像他談戀愛的樣子，實在有些困難。

「彩子在我不知道的時候離職，之後就沒聯繫了。」菜菜說。

「她該不會是為了和西結婚才離職的吧？」拓也猜測。

也有這個可能。菜菜對詳情一無所知，好奇心在心底迅速膨脹。

她想見彩子，或者說，想看看和西交往的彩子是什麼模樣。

——嚇我一跳，我完全不知道！我想去妳家聽妳聊！

菜菜興奮地回覆。

——我也不知道未來會怎樣，所以在確定方向之前，先幫我和其他同期朋友保密喔。

沒想到彩子突然說要先保持低調。

咦？還是祕密嗎？菜菜因為自己被當成第一個通知的對象而微微感動。

根本不用多想，所謂的「方向」，應該是指要不要結婚吧。或許她需要有人幫忙，引導兩人走向更好的「方向」？想到這裡，原本因朋友的戀愛話題而雀躍的心情，突然像洩了氣的皮球般萎縮了。

彩子並不知道他們是怎樣的夫妻，菜菜覺得這件事背負了沉重的責任。

「我也要去。」拓也探頭過來，說得理所當然。

「咦？」

「我要去問西是怎麼回事。」他輕鬆地說。

「等等，至少讓我先問問彩子吧，我可不想被她覺得多管閒事。」

菜菜急忙說道，順手蓋住手機螢幕。就算是夫妻，她也不喜歡自己的手機畫面被偷瞄。

「好吧，那就麻煩妳囉。」

拓也倒是一副迫不及待的樣子。明明不愛邀人來家裡作客，卻厚著臉皮想去別人家湊熱鬧？菜菜心裡暗暗吐槽。

西和彩子的新家離菜菜他們家很遠，得搭兩班電車，總共花五十分鐘才能抵達。自從新冠肺炎疫情爆發後，菜菜和拓也盡量避免外出，所以這還是他們第一次出遠門。

不出所料，在地下鐵車廂裡，小樹開始鬧脾氣，最後仰頭尖叫大哭。

不過，只有菜菜覺得「不出所料」，拓也似乎沒料到小樹一旦翻臉，竟會哭鬧得這麼厲害。起初，兩人還輪流哄孩子，但拓也不久便失去耐心。一旦小樹開始哭鬧，無論如何安撫，短時間內都停不下來。

車廂雖不到擁擠，卻沒有空位。小樹邊哭邊喊：「累累！我想坐！」明明有嬰兒車可坐，他卻一心想坐電車的座位。旁邊的男子終於忍無可忍，起身走到遠處。菜菜朝他的背影鞠躬致謝，趕緊幫小樹脫下鞋子，讓他坐上空出的座位。

然而，才坐下沒多久，小樹又大喊「不要」，隨即站了起來。這行為看似矛盾，但孩子就是這樣。菜菜明白，兒子因久違的外出而緊張，加上旅途疲憊，其實早已睏得受不了，卻又睡不著，才會這樣發脾氣。

然而，拓也似乎無法忍受孩子毫無邏輯的行為——說想坐卻又站起來，一見拓也坐下，他又吵著要坐。反覆幾次後，拓也丟下一句：「隨你愛怎樣就怎樣！」便離開座位，走到車門邊。父親這樣的態度使小樹哭得更厲害，想追過去卻穿著襪子站在車廂裡。菜菜手忙腳亂地幫他穿上鞋子，混亂之中，電車進站，小樹的座位瞬間又被別人坐走。

這下連座位都沒了，菜菜只好讓愛睏的小樹坐回嬰兒車。但小樹要是肯乖乖聽話，就不是小樹了。菜菜一抱起他，他就使勁揮舞雙手，就是不肯坐進嬰兒車，滿頭大汗地哭鬧不休，甚至還想在地上爬。菜菜見了趕緊說：「不行，地上髒髒！」無奈地將兒子抱在懷裡。

這情景被拓也無視好一陣子，直到他發現菜菜實在忙不過來，才走過來接手抱孩子。然而，才抱不到幾分鐘，他就又把孩子塞回給妻子——說得誇張點，差不多是菜菜抱三分鐘，拓也抱三十秒吧。菜菜因此筋疲力竭。

以前菜菜從不知道有了孩子之後，出門玩竟會這麼累人。不，應該說，她表面上知道，卻沒有真正理解。

當小樹在電車裡放聲大哭時，菜菜一邊心驚膽戰地哄孩子，自己一邊也好想哭。同時，內心有道冷靜的聲音說——原來是這樣啊。

旁邊的乘客毫無反應。即便小樹哭得這麼大聲，他們卻彷彿充耳不聞。

——對，就是這樣……

這個情景似曾相識。

生孩子前，她也在公共場所遇過幾次嬰幼兒失控哭鬧的情景。每次遇到，她都盡量不去看哭聲傳來的方向。

她明白孩子哭鬧是沒辦法的事，也知道當父母很辛苦，所以才盡量不表現出任何反應。

毫無反應——當時，菜菜深信這是最大的體貼，所以盡量不去看哭聲傳來的方向。這也表示，在她心底，其實也暗暗覺得「好吵」。因為孩子的哭聲難免影響心情，為了壓抑自己的不耐，她總是努力避免對家長投以責難的眼神。

此刻，她站在相反的立場，審視內心的複雜情緒。

她能清楚感受到，那些看似面無表情的乘客，藏在冷漠面具下的心聲，其實是在吶喊：「好吵！」

如果是真心喜愛孩子的人，看見別人家的孩子哭鬧，會不會像對待自家孩子一樣，以寬容的心溫暖守護呢？如今，菜菜站在抱著哭鬧孩子的立場，只感到痛苦又自責，對同車的陌生人滿心歉意。反過來說，這也意味著她自己也無法忍受孩子哭鬧。旁人大概在想：為什麼挑這種時間，帶這麼小的孩子出門？因為她自己也曾這麼想。

唉，或許正是像我這樣心胸狹窄的人，才使得這個國家變得不夠體諒育兒的家長吧。

菜菜越想越消沉，但此刻想這些也無濟於事。總之，她必須先撐過這段時間。

她懷抱著複雜的思緒，拚命安撫小樹。

旁邊的拓也則始終臭著一張臉。

即使不願承認，菜菜早已深深明白，自己的丈夫不是能自行調節情緒的人。他很需要別人安撫。不僅如此，還會利用自己的壞心情去遷怒、操控別人，簡直跟三歲小孩沒兩樣。

拓也大概沒料到會這麼辛苦吧。平時他只短暫幫忙育兒，這次又是他們第一次長時間搭乘大眾運輸工具，他終於發現自家孩子有多難帶了。

即使抵達西和彩子的新家前，拓也仍一臉不高興。

「這是什麼爛樓梯！」

他忍不住抱怨。

「他們以後也會生小孩吧？住的地方好歹挑一挑吧？沒有電梯也太誇張了，到底在想什麼？」

面對嘮叨不休的拓也，菜菜終於忍無可忍，停下腳步說：

「不然你乾脆回家好了？」

「蛤？」

拓也一臉錯愕，彷彿在說：「妳這是什麼意思？」菜菜不理他，冷冷地說：

「你自己回去吧，我一個人去就行。」

她心寒地丟下這一句。看到菜菜冷漠的表情，拓也終於安靜下來。

菜菜又往上爬了幾階，按下西家的門鈴。

許久不見的彩子，身上散發著清新的花香。

或許是身上那件淺桃色針織外套給人的感覺吧。她化著彷彿只搽了唇蜜的淡妝，整個人看起來清純可愛，靠近便聞到一股舒適的香味。

「很遠對不對？謝謝妳特地來找我。」

彩子親切招呼道，聲音甜美又溫柔。

她整個人散發著幸福的氣息，使得眼前的一切彷彿套上粉紅濾鏡，讓她看起來更加可愛。這是一間小小的兩人住家，大概是四處堆滿雜物的關係，感覺稍嫌凌亂，卻醞釀出一種舒適的生活感。窗邊的架子上掛滿外套和大衣，角落堆著不知裝了什麼的木製籃子和紙箱，電視桌周圍也是類似的景象。房間中央擺了一張小小的電暖桌，之所以覺得小，或許是因為現在屋裡擠了四個大人。若只是小倆口生活，這空間應該恰到好處。坐進電暖桌，菜菜頓時覺得心情放鬆。

啊，好溫馨的家——菜菜心想。隨即又想到，拓也大概很不喜歡這種雜亂無章的感覺。

窗戶微微開了一條縫通風，但室內的暖氣十分舒適，加上電暖桌和地上的保暖墊，一點也不覺得冷。她將熟睡的小樹連同嬰兒車安置在玄關。因為沒有走廊，玄關同樣溫暖，坐在暖桌裡隨時能看到嬰兒車，令人安心。

為了安全起見，他們決定戴著口罩喝茶。

彩子為大家泡了溫熱的焙茶，每個小盤子上盛放菜菜帶來的費南雪，以及彩子準備的抹茶羊羹。他們只在吃喝時摘下口罩，說話時則會戴上。話說回來，既然四人已經近距離坐在狹小的室內，堅持在吃喝時戴口罩實在意義不大，感覺只是做心安而已。

聽說彩子現在早上在咖啡廳打工，下午則自由安排時間。

「哇，咖啡廳，感覺好棒！」菜菜說。

「要學的東西很多，滿辛苦的。還好店裡的大學生教了我不少。」

彩子輕快地說，渾身散發活力。菜菜忍不住說：

「彩子，妳的氣質好像不太一樣了。」

「有嗎？」

彩子微微歪頭看向西，西回以微笑。

彩子過去雖是派遣員工，但從事全職行政工作。菜菜頗訝異她會轉行到需要站立服務的咖啡廳。與年輕人共事，又能活動筋骨，似乎可以換來朝氣，聽來不錯。她或許正在籌備與西的婚禮，所以選擇了較彈性的工作方式。總覺得好羨慕呀。菜菜暗暗想著。

西和拓也先從羊羹吃起，彩子則率先嚐了菜菜做的費南雪，隨後戴好口罩說：

「菜菜太厲害了，連這種美味的小點心都會做！」

菜菜習慣了拓也的不置可否，聽到有人稱讚她的手藝，心情瞬間雀躍起來。

「這東西意外地簡單，沒想到做了才發現熱量超高，嚇得我都不敢多吃。」

「看來需要注意耶，但實在太好吃了，根本停不下來！西，你也吃一點！」

彩子對西說。西咬了一口，點頭說：「好吃！」彩子開心地回應：「對吧？超好吃吧！」

「你們居然給我當眾放閃！」

拓也揶揄道。彩子聽了有些害羞，西則露出略顯尷尬的表情。

「我聽菜菜說了你們的事，嚇了好大一跳！西，你膽子不小啊，竟然瞞著我們？」

拓也輕鬆調侃後，隨即靈活地圓場：

「既然你們連對同期都保密，我們也沒跟別人說。沒想到你們真的感情這麼好地在一起，太讓我驚訝了。」

拓也來回指著西和彩子，佩服地點了點頭。

聽著這段對話，菜菜對拓也稍稍改觀。拓也對坂東說話時總是毫無顧忌，但面對西時則不忘收斂，表現得更為得體。西的氣質與眾不同，實習時常被坂東當成有趣的調侃對象，動不動就被拿來開些無聊的玩笑。每當玩笑似乎有些過火時，拓也總會靈敏地轉換話題，拿捏得宜地化解尷尬。菜菜曾經很欣賞他這一點，覺得他擅長調節人際關係的平衡。比起兩人獨處時，與其他人互動，更能讓她客觀地感受到拓也這一面。

「那……你們是從什麼時候開始在一起的？」

拓也這次改詢問彩子。

「大概一年前吧？」

彩子回答時，臉頰微微泛紅。

「哇，滿久了耶……」

「疫情期間就開始同居，真是充滿挑戰精神啊。」

拓也佩服地說。

「正因為是疫情期間。」

西從旁插話。彩子望著西的側臉，點頭附和：「是啊。」

「政府一直呼籲大家減少外出，說不定反而讓同居的情侶變多了。畢竟沒什麼地方可以去嘛。」

拓也半開玩笑地說。菜菜卻注意到彩子的眉頭瞬間皺了一下，似乎對這句話不太認同。

怎麼回事？菜菜悄悄觀察彩子，卻見她迅速揚起嘴角，掩蓋方才的不悅。

「前陣子，連過日子都覺得不容易呢。」

拓也用輕鬆樂觀的語氣說著，彷彿疫情已經完全過去。

「就是說啊。」

彩子完美隱藏了瞬間流露的不快，明亮地接話。

「現在每天都還有確診病例耶。」

不知為何，菜菜忍不住想提醒一句。她也知道這句話很掃興，但新聞仍在小篇幅報導確診人數的動態。

拓也假裝沒聽見，轉向西和彩子發問：

「你們要不要乾脆結婚？」

這個問題有些冒昧，只見兩人面面相覷，靦腆地互問：「好像也可以耶？」「不知道啦。」支支吾吾的模樣，就像一對青澀可愛的小情侶。

「不過，現在急也沒用，婚禮很難辦啊。」

菜菜忍不住開口救援，試圖帶開話題。

「現在已經可以了吧，我一定會去參加！」

沒想到拓也又把話題扯回來，菜菜暗暗感到煩躁。

「菜菜太容易緊張了，疫情時整個人居家隔離到神經兮兮。當時我甚至為了躲她跑去公司！」

拓也這番話讓菜菜忍不住無聲地張嘴，像在質問：「蛤？」

「每次回到家，她都兇巴巴地命令我：『快去消毒！』壓力真的超大。不過，我知道她是擔心我。」

拓也最後不忘圓場，彩子和西聞言鬆了口氣，笑了出來。

但菜菜卻沒笑。她沉默下來，氣氛一時有些凝重，她仍舊一語不發。

「啊，對了，」彩子開口說：「今天請你們來，其實是想好好道謝。」

「道謝？」

拓也疑惑地問，西點點頭說：

「特別鄭重道謝好像有點誇張，但我能和小彩相遇，全是託兩位的福。」

「嗯！沒錯。」

「我們雖然是自然開始交往、進展到同居，但你們促成了我們的相遇，所以我們覺得一定要親自向你們報告。」

「嗯！」

看著兩人笑盈盈地一搭一唱，菜菜心頭湧上一陣感動。

「謝謝你們讓我和彩子相遇，我心裡只有感恩。」

西真誠地說。

兩人神情明亮，默契十足，對未來的路充滿互信，那燦燦光芒甚至有些刺目。

菜菜突然覺得被戳中要害，心裡有一道聲音告訴著她：「我們已經不再是這樣了，今後再也回不去了。」

她回頭思忖，自己為何對於丈夫剛剛說的話笑不出來。

——當時我甚至為了躲她跑去公司！

若夫妻感情好，這只是日常的嬉鬧拌嘴。丈夫調侃後，妻子可以笑著回嘴：「太囂張了喔！」

然而菜菜笑不出來。連一點點笑容都擠不出來。

不僅如此，她的心情突然變差，整個人煩躁不已。即便拓也想要圓滑地收場，她也完全開心不起來。這種情緒讓她意識到，或許兩人的關係已走到了盡頭。菜菜靜靜地審視自己的內心。

「不，應該是我們要感謝你們。那段時間對我們來說真的很辛苦。」旁邊的拓也這樣說道。

我們？

聽到這句話，菜菜心裡再度感到不悅。

「當時菜菜還在懷孕，我原本很擔心邀請朋友來家裡合不合適，沒想到那次聚會竟然促成了一段好姻緣。真慶幸我們有舉辦了那場家庭派對。」

「真的很謝謝你們！」

彩子面帶笑容地道謝。

「彩子，妳跟西在一起真是中了大獎！他在我們這群同期裡是最認真老實的，一直沒交女朋友，工作穩定，人又帥，絕對是個超級好男人，妳可以放心把終身託付給他。」

拓也話音剛落，西立刻靦腆地說：「沒有啦。」

菜菜只想趕快回家。

時間差不多了，她刻意瞄了玄關一眼。小樹在電車上吵累了，還沒起床。他睡太久了，晚上恐怕又會失眠，到深夜都睡不著。菜菜喝了一口焙茶，彩子準備的抹茶羊羹很美味，與焙茶的微苦相得益彰。這間位於公寓三樓的屋子，裝潢不算精緻，打掃也談不上整潔，但午後陽光斜灑進來，室內暖意融融，菜菜覺得是個幸福的小窩。

「菜菜？」

彩子的呼喚讓菜菜回過神來。她剛才大概看起來像在發呆。

「菜菜有點累了，來的路上，那小子一直在大吵大鬧。」

拓也用下巴指了指玄關的嬰兒車。

就在這時，彷彿算好時間般，嬰兒車裡的小樹發出輕微的呻吟聲。

「哦，說來就來，小怪獸醒了！」拓也笑著說。

菜菜猛然回神，起身走向小樹，查看他的狀況。

回程比去程輕鬆許多。面對肚子餓的小樹，菜菜從包包裡拿出準備好的寶寶米餅，他立刻喀滋喀滋地吃了好幾片，接著咕嚕咕嚕地喝光盒裝果汁。

當然，這些「緊急糧食」都是菜菜事先準備的。拓也似乎覺得菜菜的「魔法包包」能隨時變出這些點心。

小樹吃飽後，他們讓他在電車裡安靜地看手機影片。這些無聲卻能吸引孩子注意力的影片清單也是菜菜挑選的，只見小樹安靜地盯著螢幕。

拓也從剛才起就心情愉悅。能間接為西和彩子牽線，似乎讓他很驕傲；對其他同期好友保密這件事，也讓他覺得受到信任，因而格外開心。從剛才起，他就用溫柔的語氣說著「那兩人真是天作之合」、「緣分真是奇妙啊」之類的話，若只聽這幾句，別人或許會覺得他是個很為朋友著想的人。

與拓也的興高采烈形成對比，菜菜依舊心情低落。

說到一半，拓也察覺了她的低氣壓，開口問道：

「妳怎麼了？感覺沒什麼精神。」

「沒事。」

「怎麼可能沒事？妳明明就不高興。」

不高興？

聽到這句話，菜菜不由得仔細端詳起丈夫。

「幹麼這樣盯著我？感覺很差耶。」

聽到拓也這句話，她心裡暗想「果然吧」。

這個人老是把「不高興」當成自己的專利。

「我連心情不好、不高興都不行嗎？」

「妳到底怎麼了？」拓也追問。

「算了，我想閉眼休息一下。」

話一說完，菜菜便閉上眼睛。拓也在旁邊嘀嘀咕咕，語氣透著不滿。菜菜懶得理會，他才開始玩起手機遊戲。

她明白，自己心情如此低落，是因為剛剛見到了容光煥發的西和彩子。看著他們彼此信任、關係穩固的幸福模樣，她怎麼也無法平息內心的騷動。

菜菜完全睡不著。這些年來，拓也對她的種種批評，如潮水般在耳邊迴響。

比方說，他們一家三口第一次去親子餐廳的那天——小樹剛滿一周歲的那個週末。

光是回想，淚水就幾乎要從緊閉的眼皮滲出。

那天，拓也主動提議中午去外面吃飯，菜菜也開心答應。恰好大樓旁新開了一間家庭餐廳，店面看起來乾淨明亮，設有嬰兒車停放區和哺乳室。他們事先確認過，這裡適合帶孩子前往，夫妻倆還討論著這是第一次帶小樹外食的最佳地點。

然而，到了當天，店門口比平常擁擠。他們在接待處登記了名字，然後在等候區等待叫號。

如果當時果斷轉身，尋找其他餐廳，或是買些簡單食材回家煮，應該會好得多。但他們心想，難得來了，前面也只有幾組人在候位，便決定再等等看。

然而，等了許久，還是輪不到他們。途中，拓也說要去借廁所，跑進店裡，回來後劈頭就說：

「這家店不太妙。」

根據拓也的描述，店內空位不少，但客人用過的餐盤還堆在桌上沒人清理，店員也寥寥無幾。可能是新店開張，人員調度未上軌道，或是工讀生臨時請假……菜菜正思索這些可能性時，拓也突然站起來，說道：

「走吧。」

菜菜一臉困惑。她第一個想到的是，至少這家餐廳有哺乳室，若有需要可以直接使用。

「再等下去也沒意義，這裡明顯人手不足。」

拓也語氣堅定，聲音大到旁邊等候的人都能聽見。

總之，菜菜決定先走出去。

「還好我們及早離開，不然可能要等到傍晚了。」

她試著用這句話安撫拓也。事實上，小樹正在嬰兒車裡熟睡，等候區也有椅子可坐，她覺得再等一會也無妨，但她不想讓拓也的情緒更加暴躁。

「怎麼辦，要不要去買麥當勞？或者買點材料，我回家做三明治？」

回程路上，菜菜努力用輕快的語氣提議。

「妳出門前不要拖拖拉拉，不就沒事了？」

拓也卻煩躁地開始遷怒。

「啊？」

菜菜心裡湧起兩種情緒：「不會吧？」與「果然吧。」

這兩句話分別代表：「這也能怪到我頭上？」和「我就知道最後又會怪我。」

「我說要出門時，妳就應該快一點，別老是拖拖拉拉。」

拓也的語氣像在輕聲規勸，但菜菜也有話想說：

「我得幫小樹帶尿布，牛奶也要備著啊。」

「那些事不是一、兩分鐘就能完成嗎？我一直在旁邊等，看妳光準備自己的東西就花了五分鐘！一下找手機，一下說要上廁所。妳平時就這樣，我早就料到了，心裡有不好的預感。妳難道不知道，週末不管上哪去，人都很多嗎？」

手機她很快就找到了，上廁所也沒花多少時間。菜菜很想如此反駁，但為了避免爭吵加劇，她選擇沉默不語。

「既然妳說準備小樹的東西很麻煩，平時不是應該把出門用品準備好，方便隨時拿了就走，或者花點心思讓流程更順暢嗎？不過，我也不能只要求妳，這也是我的責任。身為爸爸，我也該幫忙準備。」

拓也說了一長串話，最後輕輕笑了笑。

菜菜已經學會沉默，讓拓也慢慢冷靜下來，自己恢復理智。她對這種模式早已習以為常。況且，無論她如何解釋，拓也總有理由反駁，這一點菜菜也早就學會接受了。

然而，長期壓下內心的不滿，遷就丈夫的壞脾氣，久而久之，菜菜心裡累積了大量不平衡。她發現這些情緒正悄悄從內心侵蝕自己。

接著，她又想起另一件事。

在請育嬰假、還沒發生新冠肺炎大流行之前，菜菜曾經漏收一次寄給拓也的宅配包裹。如今她已忘了那是什麼包裹，只記得是拓也在網路上買的文書用品，雖然急著要，但也不是會過期的東西。

當菜菜看到拓也下班回家，手裡拿著重新配送的通知單時，臉色霎時一白。

宅配員第一次送貨時，她正在外頭買東西，錯過了送貨時間。於是，她請對方晚上再送一次，但可能當時沒聽見門鈴聲。那個時間，她應該正用嬰兒背巾背著哭鬧的小樹，在浴室清洗浴缸、放洗澡水，門鈴大概就在那時響起。這間二手屋沒有設置宅配箱，但如果宅配員機警一點，應該會打電話提醒住戶出來簽收才對。如果他有打電話就好了，菜菜心想。

「我請他明天再送。」

菜菜只好這樣對拓也說。

沒想到，拓也突然將通知單連同幾封信件朝菜菜身上扔去。

其中一個信封劃過她的耳朵，剎那間，眼角彷彿激起一陣火花。

菜菜愣住了，腦中一片混亂，不明白發生什麼事。而拓也似乎也被自己的行為嚇到。

這算……暴力嗎？菜菜慢了半拍才意識到。

然而，拓也並未道歉。大概是一旦道了歉，就等於承認自己失控吧。他看起來瞬間有些狼狽，但隨即為了掩飾過錯而大聲吼道：

「妳真的太沒常識了！一點同理心都沒有！」

接著，他以這句話開場：

「我已經忍妳很久了——」

隨後，他以比平時更快的語速滔滔不絕地數落起來，說什麼宅配員多辛苦、重新配送多麻煩。見菜菜沉默著，他越說越過分，甚至說就是她這種缺乏同理心的奧客心態，才會把工作搞砸，或是就算回去上班，也只會給公司添麻煩等等。

如今菜菜已明白，拓也不想給她思考空間。只要不斷指責她的不是，就能掩蓋自己亂扔信件的行為。他故意用高壓態度轉移焦點，一邊模糊真相，一邊強調自己的優越。面對丈夫的惡劣行徑攤在眼前，菜菜實在不知該如何應對。

最後，菜菜彎腰撿起掉在地上的重新配送通知單。那一刻，小樹在做什麼呢？當時他才剛學會走路沒多久，可能已經睡著了。她不記得小樹在做什麼，只祈求那一幕沒被年幼的兒子看見。

「很痛。」

撿起配送單後，菜菜不滿地說。

她知道說了也沒用，但就是覺得不吐不快。

沒想到，拓也竟回道：

「又沒砸到妳。」

什麼？

菜菜愣住了，啞口無言。

他明明看見信件擦過她的耳朵，這不過是幾分鐘前的事。這一刻，丈夫竟以「又沒砸到妳」堂而皇之地說謊。

接著，他又說：

「妳這人真的很自私，因為妳，別人得白跑好幾趟，宅配可不是慈善事業。」

拓也又把話題拉回這件事，劈哩啪啦地講了一堆自以為有道理的話。語速快、音量大，菜菜覺得他試圖轉移她疼痛的注意力，言行帶著某種心機。

菜菜也覺得自己確實給宅配員添了麻煩。但那不過是時機不湊巧，加上漏收的又不是什麼重要的「公司包裹」。難道在指定時間內，她就只能待在客廳，緊張地守著門鈴？如果臨時肚子痛得上廁所，也不被允許嗎？

菜菜低下頭，咬住嘴唇，像往常一樣，幻想「帥氣的自己」。

她可以大喊：「那你自己收啊！」把拓也遞來的配送單甩回桌上；也可以條理清晰地反駁：「上班只是藉口，你獨居時難道不會注意時間回家收貨？既然你說我是公司的累贅，連這點小事都做不好，那你就自己收啊！」

但菜菜總是把這些話吞回肚子裡。

不是因為害怕拓也，而是因為這樣做毫無意義，或者說，太麻煩了。

她伸手摸向耳朵，指尖沾上一點血。耳垂被紙邊劃破了。菜菜用面紙擦拭耳朵，刻意不讓拓也看見。但拓也還是發現了，卻只是哼了一聲，轉開頭。

那天，菜菜不再說話，兩人吃了一頓沉重的晚餐。拓也溫柔地對她說話，似乎意識到自己做過頭了。菜菜依舊緘默著，拓也最後才輕描淡寫地道歉，還趕緊幫她泡了茶。漸漸地，菜菜似乎也不那麼生氣了。

然而……還有後續。那個令人難以置信的屈辱回憶。不，那甚至還不是「回憶」，事情就發生在一個月前，菜菜記得清清楚楚。那天，拓也與大學朋友視訊喝酒聊天時，小樹突然闖進書房。當時菜菜正在刷浴缸，把小樹留在脫衣間。他大概聽見書房傳來爸爸快樂的笑聲，好奇地跑了過去。

拓也抱著小樹出去，小樹卻又跑了回去。這次，拓也不僅把兒子抱出去，還用衣櫃擋住門。小樹哭著拍打房門。當時，菜菜正在擦乾頭髮，趕緊哄著小樹將他帶出客廳，這不過是幾十秒的事。

怎知拓也視訊結束後，走到客廳，劈頭就朝菜菜怒吼：「妳在搞什麼？」「我不是叫妳看緊他嗎？」

好不容易哄小樹睡覺，正忙著摺衣服的菜菜，一時不明白他在氣什麼。

「老實說，大家都在想，這太太到底在幹麼？隨便把孩子丟在一旁，如果出事怎麼辦？」

哦，這次是這種模式？用「大家都在想」來壓我？

菜菜心裡早已厭倦，本來想敷衍道歉了事，但一想到「為什麼連你吃喝玩樂時，我都得一刻不離地盯著孩子？」她就什麼話都不想說了。看著丈夫連這種小事都能大發脾氣，她心已死去。只差沒把「真蠢」說出口，但她的心情或許早已寫在臉上。

「喂，妳有沒有在聽？」

拓也質問道。菜菜對他比了個「噓！」的手勢，因為小樹剛睡著，為了避免吵醒兒子，她認為兩人應該小聲說話。

「『噓！』是什麼意思？」

然而拓也卻朝她大吼，同時菜菜感到肩膀傳來疼痛。

菜菜呆住了。拓也用右手推了她的肩膀。這次不像之前扔東西時不小心擦到耳朵，她確實感受到「暴力」。

拓也看了菜菜一眼，頓時顯露焦慮，但仍選擇為自己的行為辯解。他責怪菜菜不夠用心，強調自己受了多大委屈，試圖逼菜菜道歉，彷彿這樣就能抹去他動手的事實。

菜菜閉上嘴，腦子卻停不下來。在這個遠端時代，連開線上會議時，家裡的孩子或寵物都常出現在鏡頭前，更何況只是朋友間的喝酒聚會，拓也大可將麥克風靜音或關掉視訊鏡頭。況且，哪有人會在朋友歡樂聚會時批評：「這太太到底在幹麼？」

然而，對菜菜來說，這些話很難對拓也說出口。因為無論怎麼說，情緒都會因此激動，甚至忍不住流淚。她知道自己爭不過丈夫。

拓也大概也意識到推菜菜肩膀的行為不妥，之後拚命想討好她。隔天、再隔一天，他說話的語氣都分外溫柔。

然而，正如菜菜所料，才持續沒多久，拓也很快就故態復萌，總有事情可以遷怒或說教。「就是因為這樣，妳工作才做不好」之類的說詞，她已聽過無數次，甚至不記得是從何時開始的。反正不管什麼事，他總有理由數落。

終於，兩週前，菜菜第一次對拓也攤牌：

「聽說只要受過一次暴力，就能離婚。」

說出「離婚」一詞時，她緊張得心跳加速。感覺光是提出這個可能性，兩人的關係就會澈底變質。

本來以為拓也又會跟平時一樣嗤之以鼻，想不到他回道：

「妳是說那件事嗎？」

看來他還沒有忘。

菜菜沉默下來，沒想到拓也罕見地示弱：

「那次是我不好，真的很對不起。」

菜菜記得自己當時鬆了一口氣，甚至有些欣慰，覺得丈夫終於明白了。

然而，他隨即接了句「可是」。

「可是，為了這點事就提離婚也太誇張了吧？動不動拿離婚威脅，會真的破壞夫妻間的信任關係的。身為父母卻說出這種話，我覺得對小樹太可憐了。」

菜菜沒料到他會拿小樹當擋箭牌。

「可是……可是，聽說對幼兒來說，比起經常聽父母惡言相向的環境，沒有這些的單親家庭，對孩子的成長更好。」

菜菜不甘示弱地說。拓也聽了，表情一僵。

「這種話是誰告訴妳的？」

「現在有網站可以找律師諮詢。」菜菜回答。

確實有這樣的網站，但其實菜菜還沒正式諮詢過律師，只讀過一些案例。然而，光是聽到「找律師諮詢」，拓也的臉色就變了。

「啊？妳真的在想這些亂七八糟的事？該不會還為了這種事花錢了吧？」

拓也露出不屑的笑容，但菜菜一點也笑不出來。

她早已身心俱疲，那天更是完全沒力氣再跟拓也說任何話。她再也沒有心思討好他了。

這時，臥室傳來哭聲。

「我去哄小樹睡，你別過來。」

菜菜丟下這句話，走向兒子的房間。哄完小樹後，她直接留在那裡睡覺。拓也的房間是分開的，因為他受不了小樹的夜哭，總是待在放電腦桌的房間睡。

黑暗中，菜菜輕拍著小樹的背，靜待他睡著。

小樹不容易入睡。菜菜把想說的話都發洩出來，照理說應該感到痛快，但她卻沒有這種感覺，只覺得內心早已乾涸，整個人只剩下疲憊。明明累得要命，卻怎麼也睡不著。眼淚悄悄滑落臉頰。

不過，那天之後，菜菜的心情變得豁達了一些，彷彿也湧現出一點力量。

或許是因為第一次提出「離婚」這個選項，感覺眼前瞬間開闊。

相較之下，拓也好像真的察覺事情不妙。上週，他主動找菜菜說：「我有事想跟妳商量。」

他第一次誠懇地向她道歉，承認自己好幾次情緒過於激動。「離婚」二字似乎對他造成不小衝擊，尤其他好像真的以為菜菜在找律師商量，受到的打擊更大。證據是，他在談話中半開玩笑地問：「妳該不會有錄音之類的吧？」

或許是害怕被抓住把柄，也或許是他真心這麼想，唯獨「暴力」這件事，他至今仍在找藉口，說只是不小心伸手碰到她。他恐怕絕對不會承認自己是家暴者吧。不過，幸好拓也也害怕被貼標籤，才令菜菜稍稍獲得喘息。

目前，離婚這件事暫時擱置。緊接著，他們決定去西和彩子家拜訪，這件事加深了菜菜的焦慮。

今天的外出，讓菜菜看清了幾件事。

自從說出「離婚」二字，拓也確實努力克制自己的脾氣。然而，他只要一煩躁，情緒就會表現在言語和表情上。他太容易不耐煩，無法好好調節自己的情緒。簡單來說，像極了孩子。遇到不順心的事就亂發脾氣，說些惹人厭的話。因為明白這一點，菜菜總是緊張兮兮。雖然緊張，但某方面她也早已放棄，甚至開始有點自暴自棄了。看到彩子在西的面前放鬆自在的表情，菜菜意識到自己已對拓也心死。同時，她也察覺自己有多麼羨慕彩子。那兩人的身影、生活空間、家具、家電、雜物，一切都令她好生羨慕。

菜菜想起從前，自己曾有許多熱愛的事物，也喜歡那樣隨興的居家環境。看到彩子家那不在意裝潢與收納、色調雜亂、處處塞滿雜物的空間，縱然擁擠卻令人放鬆，她才驚覺自己被丈夫影響太深，使自己的世界變得如此狹隘。

和拓也在一起，我無法做真正的自己。

菜菜坐在電車座位上，假裝閉目休息，腦海裡卻一直環繞著這些體悟。然後，她驚覺自己已經想不起「真正的自己」是什麼模樣了。

## 岡崎彩子

這裡每天由三人負責開店：店長、一位主婦，以及彩子。

當主婦和彩子忙著布置露天座位時，店長一邊啟動咖啡機，一邊清掃店內。由於打烊班的同事每晚都會仔細清掃，早上只需簡單清理即可。相對地，布置露天座位則算體力活，主婦同事今天又在說店長的壞話：「店長就是不肯幫忙弄露天座位。」彩子嘴上附和：「對啊。」但搬運露天桌椅對她來說就像晨間體操，她其實沒那麼排斥。現在的她非常注重健康與規律的生活。

當初找打工時，西曾建議：「要不要繼續做妳熟悉的行政工作？」但受到新冠疫情影響，企業需配合防疫措施，行政職缺一時難尋。

最後，彩子參考打工評價，選擇了這家評價不錯的連鎖咖啡廳。公司有完善的實習制度，其他工讀生的氣質也討人喜歡，彩子很中意這份工作。

今天，她也從開店做到中午十二點。

「我先下班了——」

為了不打擾正在忙碌出杯的同事，她小聲致意後，走進員工室脫下圍裙。這裡沒有固定制服，除了不能穿牛仔褲和裙子之外，只要穿黑或白色襯衫，搭配素色長褲，再繫上繡有店名的圍裙即可。腳上穿的是她慣穿的鞋子，彩子很喜歡這種帶有分寸的輕鬆感。

離開店門後，彩子走向員工專用自行車停車場，騎上自己的車。

車站前的食材店價格略高，她騎了一段路，前往遠離車站的大型批發超市。

彩子提著購物籃，在超市裡逛著。雞胸肉價格實惠，雖然份量稍多，但冷凍後分餐食用就很划算。難得遇上如此飽滿圓潤的白蘿蔔，她忍不住放進籃子裡。以打為單位販售的果菜汁也讓她心動，但她不確定同居人西喜不喜歡，這次便先打住，改買了一大袋冷凍青花菜。

與西同居後，彩子最大的改變是飲食習慣。

以前，她雖然獨居多年，但下廚次數寥寥可數。聽到前公司同事菜菜連每天下班後都堅持自炊，她心裡一半佩服，一半覺得不可思議。

彩子當然也想吃得美味又健康，但外食花費高，平日下班後又累得沒力氣煮飯。坦白說，即便不累，她也覺得自炊很麻煩。

問她過去都吃什麼？通常是超市的特價便當或熟食，嫌麻煩時，晚上就拿火腿配吐司，隨便填飽肚子——大概就是這種生活。她不只覺得下廚麻煩，連「吃」這件事本身都嫌麻煩。

然而，同居之後，她不希望西發現自己隨便的飲食習慣，覺得有些難為情。於是，她假裝自己一直有在下廚，裝模作樣久了，竟也不知不覺養成習慣。

原來自炊不如想像中困難。應該說，現在有許多方便的烹飪App，提供簡單易懂的教學影片。

其中，彩子最愛用的是名為「咕嚕咕嚕」的烹飪影片App。

使用方式很簡單：她在大型批發超市的角落打開App，輸入雞胸肉、白蘿蔔等已經選好的特價食材，進行關鍵字搜尋，螢幕會列出一系列使用這些食材的料理菜單，並按照烹調時間排序。彩子通常從看起來最簡單的菜開始挑選。

今天，她決定晚餐做「超簡單☆雞胸肉、白蘿蔔、青花菜營養燉物」。只要把白蘿蔔切成大塊，不用削邊修圓，直接放進微波爐加熱即可，簡單又省事。

「咕嚕咕嚕」是西的公司推出的App，使用的調味料也都是西的公司產品，對彩子來說再合適不過。離職前，同事們好心送了她許多樣品，至今還剩不少。只要跟著影片步驟做，味道都不會差太多。比起其他公司的產品，用男友公司的調味料感覺理所當然，每次告訴西她用了哪些產品，他聽了也很開心。

就這樣，彩子與西展開共同生活後，不知不覺成了家裡的掌廚人。

在咖啡廳打工的日子，雖然領的是月薪，但平均月收入只有十萬日圓，僅有從前的一半。不過和西同居後，房租、水電瓦斯費等固定開支也省下了。起初她提議要分攤一半房租，但西堅決婉拒，說：「不能跟打工的人收錢。」剛聽到時，彩子感到臉頰發燙，但她明白這是屬於西的溫柔體貼。

因此，她希望至少能幫忙煮飯。

聽到彩子要負責晚餐時，西難掩欣喜，總是一邊不斷讚美「好吃」，一邊將碗盤清空。

今天，彩子同樣將購物戰利品放進自行車前籃，騎車返家。

回到家，她把手機橫放，打開影片App，播放「單身輕熟女Mai的香水日和」，一邊做起三明治當午餐。

「單身輕熟女Mai的香水日和」是彩子最愛的影片頻道，一有更新她就立刻點開觀看，若沒新片，就會重溫「晨間儀式」。以輕爵士樂為背景音樂的「Mai晨儀」百看不厭。每次看見與自己同齡的Mai珍惜早晨時光、為自我提升而努力的身影，彩子便覺得心情漸漸平靜下來。影片中出現的美妝產品、日常雜貨與馬克杯，每樣都令人心動，偶爾入鏡的Mai房間也讓人嚮往。淺綠色的牆面彷彿歐洲住家，令人讚嘆不已。從妝容、髮型到輕輕噴上香水，再到推開房門、悠然迎向晨間咖啡時光的畫面，宛如一陣清新微風，輕拂過彩子的心田。

彩子與影片中的Mai同步取出香水瓶，隔著適當距離輕噴一下，讓頸間散發淡淡香氣。

對現在的彩子來說，使用香水是迎接午後的重要儀式。

彩子曾與Mai——板倉麻衣見過一次面。那是三年前，她去菜菜家玩時，菜菜介紹認識的。當天，麻衣送給在場的每位女性朋友一瓶她親手調製的香水。

提到香水，彩子首先聯想到濃烈的人工香料味。然而，麻衣調製的香水完全不同，沒有那種「刻意」的感覺，而是帶著宛如從花瓣細細萃取的清甜香氣，澄澈自然。彩子首次知道，原來香水可以如此純粹。

只是，當時的日常生活中，彩子幾乎沒機會使用香水。她把香水瓶收進獨居時雜物滿滿的抽屜深處，一直沒拿出來用。

養成午後用香水的習慣，是從這份打工開始後。

在打工面試時，店長特別提醒：

「上班時不能塗指甲油或使用香水喔。」

當時彩子兩者皆無，想著應該只是例行叮囑。但那一刻，她突然想起麻衣送的那瓶香水。

彩子不清楚香水是否有使用期限，但某天下班後，她拿出來試噴了一下，發現香味依然保存得很好。

她輕輕噴在手腕，芬芳的甜香在鼻尖輕柔散開。

在被咖啡廳要求「必須無香」的那段時期，她偶然發現了Mai的影片。彩子突然好想噴上香水，便開始了在獨處時刻，為自己添上一抹美好香氣的習慣。

知道香水製作者Mai的本名這件事，令彩子暗暗感到開心。

如今，Mai已是訂閱數突破兩萬的影片創作者，常分享以香氛生活為主題的影片，從留言區可看出許多人對她充滿嚮往。

當彩子偶然從推播影片中發現Mai是菜菜的同期好友板倉麻衣時，內心難掩激動。回想起來，當時好像就聽說她在經營社群媒體，但沒料到她會如此認真地定期更新高品質影片。

前陣子，菜菜夫妻來家裡作客時，彩子提起這件事，卻發現他們對這個話題似乎興趣缺缺。或許他們早就知道麻衣以Mai之名經營頻道，所以不覺得驚訝；又或許忙於育兒的他們，對同期好友成為網紅這件事不感興趣。

然而，在彩子心中，Mai簡直是與藝人齊名的超級名人。只要輕輕噴上她在影片中展示美好生活所用的香水，就覺得幸福洋溢。

今天，彩子也用了Mai的香水，在桌前坐下。她點開手機，啟動已報名的證照考試補習班**App**。

為了考取稅務師證照，她接下來要上兩堂線上課程。

她設定每堂課後休息三十分鐘，之後便開始準備晚餐。

工作、讀書、家事，所有時間都由彩子自行安排、謹慎管理，她一刻也不敢鬆懈地努力著。對她來說，香水不是為了取悅他人，而是激勵自己的道具。每到午後時光，彩子總在香氣的陪伴下，為自己的未來奮鬥。

為自己的未來而努力……

在此之前，她從未如此思考。回溯記憶，過去她總是為了錢、為了維護立場、為了不被放棄、不被鄙視而努力著，始終採取守備姿勢。

彩子將按分鐘排定的行程表放在桌上，按下線上課程的播放鍵。之前，她從未想過自己的人生還能擁有「奢侈」的時間，用來讀書、準備稅務師證照考試。

沒錯，讀書是一件「奢侈」的事。到了這個年紀，彩子已深刻體會這個道理。「這個年紀」指的是三十一歲到三十三歲的階段。從前，她完全沒料到日本會陷入如今這樣難以生存的狀態。從三十一歲邁向三十三歲時，世界竟變得如此陌生。當彩子開始擔心自己無法生存時，才驚覺過去的她浪費了太多學習機會。

學生時期，以及在稅務師事務所工作的日子，彩子都曾有過進修的機會。她多次向證照考試補習班索取資料，購買參考書和題庫，但每次都半途而廢。放棄的理由要多少有多少：忙碌、疲憊、還有其他更重要的事必須處理。數不清的藉口看似保護了彩子的焦慮不安，卻也剝奪了她現在應有的武器。

這十年間，她到底在做什麼？

她並非不認真。高中時成績優異，還在老師推薦下順利推甄進入知名短期大學。大學期間，她不像其他同學忙於玩樂或打工而荒廢課業，而是認真修滿學分。

從教授為她介紹工作來看，她當時確實深受肯定。

然而，那時的「讀書」只是囫圇吞棗地消化別人給的東西，與其說是「學習」，不如說是「應付過關」。

剛畢業時進入的稅務師事務所規定，員工只要服務滿一定年限，就能獲得考取證照的支援。實際上，確實有前輩利用這項制度，晚上到補習班進修，陸續通過證照考試的科目。

然而，遙想當年，利用這項制度進修的幾乎全是男性前輩。就連部分只有高中或專科學歷的男性，也會一邊工作一邊努力進修，逐步通過稅務師考試科目。反觀身為女性的彩子，卻始終裹足不前。因為當時，她遭到所長的性騷擾並深受其害。

如果當年再努力一點……彩子想過不知多少次。但即使到了現在，她仍覺得自己無法在應對所長肆無忌憚的騷擾同時，還能兼顧工作與讀書。她不該苛責當年的自己太天真、太軟弱，反而應該為自己果斷逃離困境感到驕傲。

然而，只要回想起這段往事，彩子仍會心跳加速、呼吸急促。當年的她只是拚盡全力逃離，未意識到自己承受了多麼不公平的對待，也未察覺這件事在她心中留下了多深的懊惱。

因為，她蒙受了足以摧毀人生的重大損害。

如果現在的自己能給當年的自己建議，彩子會這樣告訴自己：把所有性騷擾的言行都記錄下來！可以尋求法律諮詢窗口的協助，或者先與推薦自己進入那間稅務師事務所的大學教授商量。因為事務所的所長是教授的朋友，推薦二十歲女學生進入那間事務所的教授，多少也得承擔責任。此外，她不該在那樣的環境中一味隱忍，直到無法承受。當她察覺不對勁的那一刻，就應該立即尋找其他出路，例如請別人介紹新工作，或主動投遞履歷。

然而，當時彩子完全沒想到可以這麼做。

明明有些男性能在不帶善意或惡意的環境中，平靜地取得證照資格，彩子卻不得不中斷進修，還一直認為是自己能力不足所致。這種二十出頭時因無知造成的落差，如今重重反彈到自己身上，令彩子深感恐懼。

一年前，彩子在工作環境舒適的食品公司被終止派遣合約。公司沒有與她續約。

這對彩子的人生造成意料之外的重創。

當初辭去稅務師事務所的工作時，她並未以正職為目標尋找新工作，而是選擇了派遣職。這是因為她內心仍殘留被異性上司性騷擾，以及與同性前輩相處不融洽的陰影。於是，彩子選擇了工作時間較短、人際關係較單純的道路。

成為派遣員工後，彩子仍一再遭遇性騷擾，每次都只能像逃跑般更換職場。

隨著年齡逐漸從二十五歲邁向三十歲，負責續約的人員推薦她到一家食品公司工作。這家公司的產品品牌比企業名稱更廣為人知，時薪雖然只有平均值，但以長期續約派遣員工聞名。公司重視員工的風氣也同樣照顧到派遣員工，聽說有些人甚至續約超過二十年。當時，彩子若選擇留下，雖然也能續約，但為了追求更好的條件與穩定的未來，她決定與這家食品公司簽訂新合約。

實際到職後，公司氛圍如外界評價般穩定，彩子對工作內容也很滿意。雖然偶爾會擔心以派遣身分能做多久，但聽其他部門的派遣員工說，除非發生重大事件，通常都能順利續約，因此她並未過分憂慮。

然而，她誤以為「重大事件」是指自己犯下足以被解雇的大錯，或是被更有吸引力的工作誘惑。她以為只要避免這些，就能一直穩穩做下去。

沒想到，真正的「重大事件」是席捲全社會的危機。

新冠肺炎疫情對全球造成巨大衝擊，病毒迅速蔓延，新聞每天報導令人恐慌的消息。到了春天某一天，日本發布了第一次緊急事態宣言。

食品公司雖被認為是不易受經濟景氣影響的產業，但在衛生管理上面臨嚴格審視。當時，確診人數連日攀升，追查感染源成了日常。公司擔心若發生群聚感染，企業名稱被新聞報導將引發重大危機，內部氣氛因此變得劍拔弩張，異常嚴峻。

彩子所在的財會管理部門，可說是公司裡應對疫情最迅速的單位。她從同事菜菜那裡聽到一點消息，據說管理部長為了保護一名患有氣喘的新進員工，迅速與高層開會，將遠端工作模式推上軌道。這位應屆畢業的男同事在成年後才開始氣喘發作，疫情爆發前就已在服藥。菜菜非常讚賞部長為了保護患有慢性病的部下積極採取行動，稱之為一段佳話。

然而，聽到這件事，彩子心中卻彷彿長出尖刺。

她不禁想：如果患有氣喘的不是正職員工，而是像自己這樣的派遣員工呢？

答案昭然若揭。部長絕不會為了她而改變工作模式。

直到那一刻，彩子才清楚看見正職與派遣員工之間存在一道深深的鴻溝。

這道鴻溝一直存在，彩子也大致理解。她曾試著調整心態，專注於派遣工作帶來的彈性等好處。然而，在疫情時代，這道鴻溝卻關乎生死。察覺公司對待正職員工如同家人、對派遣員工卻像外人的差別待遇後，彩子驚訝地發現自己深受傷害。她覺得這種受傷的情緒並不合理，但正因如此，她連抗議或訴說委屈都說不出口。

在那段疫情嚴峻的時期，彩子也非常害怕得病。如果可以，她不想搭乘電車，更不敢使用公司的廁所。然而，派遣員工沒有遠端工作的選項。當正職員工陸續申請居家辦公時，唯獨彩子總是被要求到公司出勤。

被要求出勤的那段日子，或許還算是比較好的時候。起初，彩子忙著轉接電話、將員工忘記帶回家的資料掃描成PDF寄給他們，這類繁瑣的工作確實需要人手幫忙。然而，漸漸地，她感覺自己的工作越來越少，彷彿失去了存在價值。這種失落感，與害怕確診的恐懼不相上下。

彩子看到網路新聞報導，在新冠肺炎引發的社會經濟不景氣下，派遣員工的合約接連被終止。報導用平淡的語氣陳述著與她切身相關的事實，她忍不住從頭讀到尾。當看到「人命也有貴賤」與「好想死」這樣的字眼，她無法置身事外，每個字都如刀般刺進心裡。

報導下方有留言區，她忍不住繼續往下看。

——再不採取措施，日本就要沉沒了。

——公司裁掉派遣員工，年輕正職員工的負擔加重了。

——以用完即棄為前提的勞動合約真是冷血。

多數留言都對派遣員工的處境表示同情。

然而，在眾多意見中，也有「自己負責」、「自己選的就別抱怨」等批評，雖然只占少數，卻像利刃般深深刺傷彩子，同時讓她無從反駁。她開始覺得，或許每個人都這麼想——自己負責！自己選的就別抱怨！路邊擦肩而過的陌生人、公司裡的同事，甚至連菜菜可能也這麼想。

我到底會怎麼樣呢？

在疫情持續蔓延、經濟活動不斷萎縮的情況下，她幾乎不可能找到條件更好的行政工作。如果失業了，還不小心確診的話呢？雖然她還有點積蓄，但這些錢能供她在東京住多久？老家也沒有她的容身之處。而她還得支付房租、水電、餐費、醫藥費……

「我說不定會死掉。」

彩子至今仍忘不了當時脫口而出的自言自語。

那年年度結束後，部長告訴她，合約到期，公司不再續約。

一開始，彩子甚至無法對西坦白自己被通知不續聘。

不只是對西，她對誰都說不出口，沒告訴菜菜，當然也沒告訴父母。這種沉默的狀態持續了兩週。

為什麼不敢說呢？如今彩子回想，覺得不可思議。她明明非常受傷，卻又懊惱自己為何會受傷。

她不願公開承認，身為派遣員工的自己，在緊急情況下，是最先被捨棄的對象。她沒力氣去申訴或爭取權益，也知道公司是依合約行事，只是沒有延續過去理所當然的續約慣例。她以為未來會繼續下去的穩定日子，就這樣硬生生結束了。非正職員工的她，其實一直如履薄冰，處境搖搖欲墜。

即便承受失業的打擊，彩子仍努力在約會時不流露低落情緒。臨別時，西突然提議：「要不要和我一起住？」

西似乎一整天都在猶豫何時該說出這句話。

「小彩，在妳找到新工作前，可以先暫時住我家……只是，我家有點小。」

他像是找藉口般急忙補充。

彩子沉默下來。

她只說自己辭職了，但西恐怕早已猜到是公司沒續約。

他在同情我嗎？

彩子感到無地自容。總覺得這種為了幫她度過難關的同居，一旦開始了，從那一刻起，兩人的關係就不再對等。

如果他們有正式交往，或許還另當別論。但當時，她和西的關係仍處於似交往又非交往的曖昧階段。

他們從參加菜菜的家庭派對那天起初次有了深交，之後在LINE上聊天，慢慢開始約會，但一年多過去了，雙方都還沒跨出關鍵的一步。他們常一起出去玩，偶爾會牽手，卻沒有更進一步的進展，維持著一種曖昧不明的奇妙關係。兩人彷彿刻意避開「我們交往吧」或「我喜歡你」等決定性字眼，就這樣持續對話。

同居意味著兩人的關係向前邁進一大步，甚至可說是大躍進。彩子不禁擔心，這樣真的沒問題嗎？

……儘管猶豫，內心卻已默許了這個決定。對她來說，這是「為了生存」。

實際搬進西的公寓後，為了保留隨時離開的餘地，彩子仍繼續支付原本住處的房租。她聽說許多人在同居後才會暴露本性，因此心中仍存有不安。

一起生活一段時間後，彩子終於確定西真的是「沒問題」的人。

所謂「沒問題」，是指西的生活習慣規律、性格穩重，不會提出上床的要求，住處也總是保持整潔，作為同居人可說是無可挑剔。

不僅如此，生活節奏也很合拍。在對兩人來說略顯狹小的一房一廳一廚空間裡，西開始頻繁在家遠端工作，兩人相處的時間突然變長。本來以為這會帶來壓力，沒想到卻意外地自在。當時，彩子多半待在玄關旁的客廳，西則在床邊的簡易書桌上工作。

能聽到西在線上會議中的談話方式也是優點之一。得知西情緒穩定後，彩子更加放下心中的大石。

他從不對後輩大聲說話，總是沉穩地溝通，偶爾離開座位做體操的模樣，令她忍不住會心一笑。

就在彩子覺得這樣的生活似乎可以長久持續時，西告訴她樓上出現空房。

「我想拜託房東，讓我搬到那個房間。那裡有凸窗和閣樓。」

「凸窗和閣樓？」

「沒錯，因為是頂樓的邊間。」

「可是，房租不會很貴嗎？」

「房租會稍微貴一點，反正現在不能出國旅行，能省下不少錢。我剛搬進這間公寓時，就一直夢想有機會要搬到三樓。那裡視野好，又有閣樓，真的很吸引人。所以，我打算搬上去。」

西的語氣像是單純為了自己想搬過去。他應該是真的嚮往有凸窗的房間；更重要的是，這番話彷彿在告訴彩子，這裡不是暫時的棲身之所，她想住多久都可以。

「謝謝。」

彩子感到自己的心漸漸柔軟起來。

於是，西和彩子一起搬到樓上的新家。大型家具和家電交由業者搬運，其他物品則由兩人慢慢整理移過去。彩子也趁此機會退掉了原本的租屋處。

新房間的閣樓比想像中寬敞，彩子把自己的行李安置在那裡，接著開始在這個與西同居的小鎮尋找打工機會。

求職的過程比預期的還要艱難。由於餐飲業的營業時間受到管制，僅有的少數職缺吸引了大量應徵者。只希望白天工作數小時的彩子，屢次被店家以「條件不符」婉拒。

好不容易在新開幕的連鎖咖啡廳求得一職，但條件是必須早起負責開店。雖然開店的時薪略高一些，但布置露天座位是項體力活。儘管如此，能找到一份工作，總算讓彩子鬆了一口氣。

彩子一邊學習清潔、倒垃圾等雜務，一邊努力背熟菜單。直到能開始沖煮咖啡，她花了比預想更多的時間。這段期間，彩子全神貫注，留意每個細節。然而，向陌生人打招呼這件事，即便有固定的問候語或標準句型，仍需鼓起勇氣。工作單調又疲累，時薪卻是法定最低薪資。與她一同被錄取為開店人員、一起接受員工訓練的同事中，不少人很快就辭職了。能否長期留下，似乎與個人背景無關。無論是大學生、家庭主婦，還是自由工作者，都有人迅速離職。有些人在訓練時態度積極、表現優異，但開店沒幾天就突然不再來上班。彩子不明白哪種人能長久待下，或許和人際關係的運氣有關，又或許是每個人每天能分配的時間不同所致。彩子擔心一旦辭職就沒有退路，因此連不討喜的露天座位布置工作都努力完成。

在逐漸熟悉每項工作內容後，彩子開始採取行動，報名了遠距教學的「集中速成課程」。

為了深入了解課程詳情，彩子前往負責遠距教學的證照學校進行諮詢。學校得知她擁有二級記帳士證照，且在稅務師事務所工作期間曾自修一段時間，對她的背景評價頗高，推薦她報讀難度最高的短期衝刺班。面對不低的學費，彩子決定放手一搏，為自己投資。

集中速成課程每天安排兩堂課。

由於是線上授課，她能調整播放速度，比傳統面對面課程更省時，但前提是必須高度自律。彩子習慣一邊聽課一邊做筆記，晚餐後再複習筆記內容。她的生活非常忙碌，連週末也得繼續上課。

儘管行程滿檔，彩子卻感到無比充實。雖然報名課程花光了她一點一滴攢下的積蓄，但她不怕把錢用光，因為她已明白，這是對自己最有價值的投資。此時，她也適應了咖啡廳的工作，熟練之後，無論是發聲或動作，她都能感受到體內湧出一股力量讓她重新站起。

每天，她都踏實地向前邁進。

在西的幫助下，彩子得以擁有現在的生活，而這一切都要歸功於菜菜促成了她與西的相遇。她時常思考，倘若沒有這場相遇，自己會是什麼模樣？她由衷感激菜菜給了她重生的契機，並渴望當面向她致謝。

上週，彩子和西邀請菜菜到家中作客。

那天，彩子噴了一點麻衣的香水，想趁機與菜菜聊聊Mai的Vlog。

然而，這些話題不知為何始終說不出口。

彩子也不明白自己為何錯過了這個話題。

不過，她注意到一件事——菜菜變了。

雖然無法具體描述，但三年前與她共事的菜菜，與上週見到的菜菜，無論表情或氣質，都變得不太一樣。

過去的她是這種感覺嗎？

對照記憶中的菜菜，彩子不禁歪頭沉思。

總覺得菜菜來訪後，從頭到尾都顯得心不在焉。雖然看似在發呆，但她的眼神偶爾閃過一絲銳利光芒，彩子甚至有點害怕。

或許，菜菜的注意力被玄關方向、躺在嬰兒車裡熟睡的兒子分散了。彩子一開始試著這麼解釋。但菜菜的改變實在太明顯，她發福了，氣色也不太好。

沒錯，菜菜明顯胖了。彩子絕不會說出口，當然也不會向西提起。

菜菜經歷了生產這件大事，身體有所改變也是在所難免。彩子明白，不是每個人都能像螢幕上光鮮亮麗的明星媽媽那樣，保持苗條與美麗。她更不可能對正在努力育兒的菜菜提起發胖的事。然而，菜菜體型的變化，卻讓彩子莫名產生了不祥的預感。

這種感覺，與她對菜菜丈夫拓也的印象轉變，似乎也有某種重疊。

那日，菜菜與拓也進門前似乎起了爭執。彩子回想，約定時間將近時，從微微開啟、面向外側走廊的窗戶傳來上樓的腳步聲，她心想應該是菜菜與拓也到了，正準備開門迎接，卻突然聽見男人的吼聲。彩子一驚，停下動作。

緊接著，一道冷靜卻斷然的聲音打斷了對方，彩子確信那是菜菜的聲音。

她意識到，自己無意間聽到了不該聽的爭吵。

她悄悄退回屋內，確認聲音未傳到正在臥室休息的西耳中後，才鬆了一口氣。

彩子內心七上八下地前去開門，幸好走進屋內的菜菜與拓也滿臉笑容。

然而，聊天時，拓也一句自以為幽默的話，至今仍令彩子在意。

——政府一直呼籲大家減少外出，說不定反而讓同居的情侶變多了。畢竟沒什麼地方可以去嘛。

這是拓也說的話。

這句話令彩子內心一陣刺痛，卻也稍稍鬆了口氣。原來在別人眼中是這樣想的啊。身為正職員工的拓也，恐怕很難想像，彩子是因為付不出房租才與西同居，更不會知道她曾孤單地待在租屋處，對未來茫無頭緒，臉色蒼白地低喃：「我說不定會死掉。」他大概以為，彩子是與心愛之人展開同居的幸福女子。既然他這麼想，彩子覺得也無妨。比起被對方敏銳察覺真相，反過來同情自己，這樣反而好得多。

但有件事她想弄清楚。

「拓也先生是怎樣的人？」

等菜菜與拓也離開後，彩子忍不住問西。

「為什麼這麼問？」西看向她。

「就是想知道。」彩子說。

「他是滿帥的，但已經結婚了，妳不是知道嗎？」西回道。

「蛤？」

這聽起來像在吃醋的回答令彩子始料未及，一陣錯愕。拓也的外貌如何，她連想都沒想過，已婚更是理所當然的事。彩子正無奈地思考該如何回應，西搶先開口解釋：

「不、呃，其實前陣子，我們部門的派遣小姐才跟我說過：『請幫我牽線啦。』」

這是藉口，還是試探？彩子一時摸不著頭緒，「派遣小姐」這說法也微微刺了她一下。她隱約察覺，自己不小心窺見了藏在重要之人西的內心深處，那股黏膩又複雜的情感。

「我只是看菜菜好像很累，擔心拓也先生是不是沒幫忙照顧孩子或做家事。」

彩子認真解釋。

「那孩子……叫小樹吧？他一直在睡，都沒醒過，不知道是個怎樣的小孩。」

西說。

彩子將對西一閃而過的複雜情緒藏進心底，換上輕快的語氣：

「換成大人，用那姿勢睡那麼久，早就腰痠背痛了吧。」

「聽說無尾熊一天能睡十九小時，人類小孩大概也差不多吧。」

西順勢接話，消除了方才突然有些緊繃的氣氛。

彩子心想，為了不讓彼此的未來出現裂痕，他們需要培養更深厚的互信關係。

今天，彩子也用一點五倍速聽完一堂「集中速成課程」。時間來到下午兩點四十五分，接下來她將休息三十分鐘。

平時她會直接開始準備晚餐食材，但今天卻莫名在意起菜菜的樣子，於是拿起手機。

她打開LINE，寫下給菜菜的訊息：

——上次見到妳好開心。我知道妳應該很忙，不知道方不方便再約出來見面？我們可以一起吃個午餐之類的，時間如果約在下個月左右呢？

彩子盯著已經輸入好的訊息，猶豫著是否該按下送出。

上週菜菜已捎來感謝招待的訊息，彩子也表達了謝意。當時對話到此結束，如果現在又多發訊息，會不會太打擾了？

說到底，自己究竟為何想再見到菜菜？又想對她說什麼呢？

我真的能說出口嗎？說我很擔心她的氣色和身形的變化？

我實在說不出口，彩子想。她絕不會說出那種話。況且，菜菜是解雇彩子的前公司的正職員工，已婚、有孩子，才剛從育嬰假回歸職場，現在仍在努力工作。她一個月的薪水是多少呢？彩子想像不出來，覺得自己去猜測這些事情，心態實在太卑微了。

菜菜可是在大企業上班，在人生道路上領先自己幾步的朋友。就算她現在暫時因為育兒心力交瘁，我真有資格擔心她，又有能力為她做什麼嗎？

她們同歲，曾在同一個職場工作，一個是正職員工，一個是派遣人員，因這樣的巧合而認識彼此。

也許，出社會工作就是這麼一回事吧。彩子腦中浮現這樣平淡的結論。想著想著，她把打好的訊息刪除了。

為了轉換心情，彩子走向廚房，馬上開始準備晚餐。

她先打開手機上的「咕嚕咕嚕」App，叫出早已決定好的食譜搜尋頁面，並開始播放料理影片。隨著輕快的音樂，影片首先介紹使用的調味料，接著畫面切換到正在做菜的雙手。將白蘿蔔切成薄片後，放入微波爐加熱，同時把調味好的雞胸肉稍微炒過，再加水，與白蘿蔔一同煮滾。「咕嚕咕嚕」主打的料理法，是連懶得下廚的主婦也能輕鬆完成的快速料理，在大幅縮短步驟的情況下，也能做出看起來像樣的一餐。彩子一邊切著待會要撒在上面的蔥花，一邊煮飯，還順便煮起味噌湯。

等這些都準備好，她就能安心上第二堂課。這是她平時的節奏。距離西回來還有幾個小時，她想維持好能在西一回家就端出晚餐的狀態，再來專心上課。

正當她這麼想著，準備按下播放鍵時，玄關傳來了開門聲。

「咦？你今天回來得好早啊。」

彩子一邊將味噌拌勻，一邊對剛回家的西說道。

「我被列為密切接觸者了。」

西提著便利商店的袋子，開門見山地說。

「咦，怎麼回事？」

「公司剛剛通知我，前天一起吃飯的客戶中有人確診了，以防萬一，要我自己篩檢，在結果出來前先居家隔離。」

西臉色凝重地說。看到他的表情，彩子隱約感到事態嚴重，不禁緊張起來。

「那……要多久才能確定？」彩子問。

「聽說明天就能知道了。」西一臉疲憊地回答。

「這麼快？」

「現在都很快了。對方是下午通知公司的，隔了一天，如果早上聯繫，今天內應該就能有結果。」

「唉，也是喔。那你現在有沒有覺得身體不舒服？」
「沒有，跟平常沒什麼兩樣。」
「不過也可能是無症狀感染。」
「現在還不清楚。」
「如果真的是陽性，該怎麼辦？」
「我想只要身體沒有特別不舒服，應該還是可以居家辦公吧？很多人都是這樣。如果有狀況，就會去醫院看病，但應該不像以前那樣需要住進隔離病房。有症狀的人基本上就像平常一樣待在家。對了，以防萬一，我買了這些東西。」
說到這裡，西像是突然想起什麼似的，從便利商店的袋子裡，拿出果凍狀食品和口服補水液。
「我應該沒有影響？」
彩子確認道，腦中閃過曾在新聞上看過的報導：如果行動限制太嚴格，社會反而可能陷入恐慌。當時她只是淡淡聽過去，如今覺得一切真實得讓人不安。
「啊——為了安全起見，在我的結果出來之前，妳最好也先在家休息。」
西一副理所當然地說。

「什麼？」

彩子攪拌味噌湯的手停了下來。

「反正明天中午前結果就會出來，之後再去上班就好。」西補充道。

「可是，我沒辦法『之後再去』。」彩子慌張地說。

「咦？為什麼不行？」

「我負責布置露天座位區。」

若是請假，另一位兼職的主婦就得獨自準備。椅子還好，但桌子相當重。

「可是，妳不能在情況還不明朗的時候去接待客人吧？」西說。

「在你結果出來之前，我應該沒什麼問題吧？如果我因為這樣得停工一天，不是很奇怪嗎？」

說到「停工」這兩個字，彩子突然意識到其中的差別。西即使待在家，月薪照領，但她可是按時薪計算的服務人員。

「不一樣，行政工作還好，妳從事的是餐飲服務業，得直接面對客人。如果妳帶著風險上班，對店家和客人都不好吧？」

西說得頭頭是道，但彩子就是無法接受。

「你又還沒確定確診，我也幾乎不可能被傳染吧？就為了『以防萬一』要我休息，這也太奇怪了吧？」

這時，西突然說：

「這樣吧，妳休息少掉的時薪，我來補給妳。」

「等等，不是錢的問題！你現在突然跟我說這個，要臨時找人代班太難了。」

「既然難找，更應該現在立刻通知，不是嗎？這樣他們才有時間安排人手。」

「現在也找不到人吧？都已經下午四點了！」

彩子邊說邊嚇了一跳，因為她竟然哭出來了。

怎麼會因為這樣就哭了呢？西也露出驚訝的表情。

「小彩，我知道妳很有責任感，但如果妳是密切接觸者還勉強去上班，那才是不負責任的做法。不管什麼工作，遇到這種情況，在結果出來前都應該先待在家裡。這也是為了顧客和同事著想呀。」

西溫柔地勸說。

彩子深吸一口氣——不，其實不用深呼吸，她也明白西說得才是對的。但她心裡清楚，很多人遇到這種事，還是會想方設法掩飾過去繼續上班。

剛剛她雖然反駁「不是錢的問題」，但老實說，確實就是錢的問題。對彩子來說，任何能賺錢的機會都至關重要。比起西，她更在乎錢。那些能遵循正確原則的人，是因為他們的環境允許。彩子的工作沒有這種保障，對她來說，如果不隱瞞家裡有密切接觸者的事實去上班，當天的薪水就拿不到，這是攸關生計的大事。

「疫情已經持續這麼久了，大家對密切接觸者的情況早就習慣了。妳可以等我的快篩結果確定是陰性再去上班，中午前應該就能知道結果了。」

彩子小聲說：「也是。」她明白防止疫情擴散才是當務之急，社會上到處都能聽到斥責輕率行動者的聲音。沒辦法，因為大家必須杜絕任何染疫的微小可能。

「這種情況要持續到什麼時候？」

「總會結束的。到時候，大家會一起回頭說：『那段日子真辛苦啊。』」

「也是。可是，我從沒跟店長或任何人提過我跟別人住在一起，我該怎麼開口？」彩子問。

「咦？真的嗎？」

西驚訝地看著她。

「真的。」

「那就說，我是妳的未婚夫吧。」西爽快地說。

彩子抬起頭，西的眼神非常誠懇。

「跟店長說妳跟未婚夫住在一起不就行了？或者，乾脆真的這樣做也行啊。」

「什麼意思？」

「我們也可以結婚啊。」西說。

彩子困惑地看著他。西迎上她的目光，轉身面向她，嘴唇微微抿起，像是說「就是這樣」般，輕輕點了點頭，眼神帶著羞赧。

「咦？」

等等！彩子心想。我被求婚了嗎？雖然比起求婚，更像是許可……

即便如此，她無法否認心中湧起的安心感。她甚至想問：「真的可以嗎？」

不久前，彩子還擔心自己可能活不下去。若這能帶來安穩的生活，即便只是「許可」，她似乎也沒有拒絕的理由。

西大概覺得彩子的沉默是感慨萬千，瞇著眼用溫柔的目光靜靜守候著她。

彩子知道，他真的很溫柔。

她不喜歡的是自己內心的騷動。

用五秒鐘平息心中的波瀾，然後對他說聲「謝謝」吧。感謝他的許可，接受求婚吧。

彩子凝視西那雙善良的眼眸，未來或許會成為自己丈夫的眼眸，接著在心中緩緩倒數。

五、四、三、二、一……

**板倉麻衣**

早晨先推開窗戶　讓全身吸收太陽光
生理時鐘ＯＮ！
Today's My Aroma 1：Sun
想喚醒還有些昏沉的頭腦
就來細心沖泡一杯咖啡吧

聽著熱水咕嚕咕嚕注入的可愛音效，麻衣繼續從標記為「早晨風格曲子」的音源資料庫中，挑出喜歡的音樂加入影片。這是她慣用的剪輯軟體內建的背景音樂，她將這段優美的旋律插入流水音效中。

用「早晨風格曲子」開場，接著插入開場短片，這是麻衣Vlog的固定模式。

麻衣切換畫面，讓自己的身影出現在鏡頭前。

「早安，午安，晚安，我是『Mai的香水日和』的Mai。」

以固定招呼語開場後，她在床上盤腿而坐，有些刻意地伸懶腰。

麻衣的觀眾大多是同世代女子。正因為是女性，才會對閃耀動人的女性或過著美好生活的女性心生嚮往。明白這點之後，麻衣重新布置了拍攝用的房間。她將原本充滿繽紛色彩的私人物品移到儲藏室和壁櫥裡（儘管同住的父母頗有微詞），以上鏡為優先考量，打造出一個採光良好、潔白清新的生活空間，還不忘在房裡裝飾花朵。

「感謝大家一直以來的收看。今天，我要以香氛為主題，介紹我的晨間儀式。

這是第三支晨間相關主題的影片了，這次呢，我會特別聚焦在小物的使用方法，請大家看到最後喔！那麼，讓我們繼續看下去吧！」

表面上是如此，麻衣接著剪入先前精心拍攝的另一段影片。那是插入套用「Today's My Aroma」美麗字型的標題頁，從第三頁到第七頁依序排入後，在適當時機更換背景音樂。雖然她已製作過無數次，早已駕輕就熟，但切換畫面時仍需全神貫注。

「晨間儀式影片」是記錄早晨的日常習慣，搭配簡短文字說明，配上音樂剪輯而成的作品。因為是用影像記錄生活，所以這類影片也被稱為「Vlog」。麻衣幾乎每天都會零星拍攝素材，然後花時間進行剪輯。所有工作都由她一人獨力完成，沒請任何人幫忙。她必須掌握流行趨勢，又不能過分追隨；攝影技巧、音樂搭配、字體品味，以及整體色調的情感表達，都需細心配置。她會觀看同世代創作者的影片來學習研究，並以香氛為主題展現個人特色。當訂閱人數突破一千人時，麻衣開始感受到觀眾的迴響。超過一萬人後，偶爾會有粉絲連同留言一起贊助。來自企業的業配合作也逐漸增加。從那時起，每發布一支新影片，訂閱人數便穩定成長。影片的播放次數與隨之而來的收益，成為麻衣持續創作的強大動力。如今，影片製作已成為她的本業。

剪片工作告一段落後，麻衣注意到手機收到的訊息。是愛美傳來的。

麻衣！真的很感謝妳上次的幫忙！

在收到聯繫前，我完全不知道妳成為網紅，還幫我先生的商品拍了介紹影片。當時，我因為先生的事找妳傾訴，謝謝妳陪我聊天，給了我好多建議。多虧妳的幫忙，銷量大增，我又驚又喜，感動得差點哭了！

我知道妳應該很忙，但現在疫情也緩和許多，要不要找時間見個面？如果妳還會擔心，我們用Zoom也可以喔！我都沒問題！如果妳能抽出時間就太好了。

麻衣反覆閱讀愛美傳來的訊息，親切感與分寸兼具。女強人愛美果然很懂得拿捏文字禮儀。麻衣很開心收到她的感謝，被朋友誇為「網紅」也令她倍感驕傲，不自覺地綻開微笑。

數年前，麻衣從未預料到會有這樣的未來。辭職之後，她一直住在老家，靠著興趣延伸的文字工作賺點零用錢，但無論做什麼，內心深處總覺得現在的自己不是真正的自己。當時她也經營過各種社群媒體，追蹤者卻始終偏少。若不是在疫情自主隔離期間卯起來投入影片創作，如今她可能還是一個以興趣為主的業餘文字工作者兼部落客，過著鬱悶的生活。

現在，麻衣的心情仍常受影片觀看次數影響，或是為未來的方向而煩惱。但她已有企業願意提供贊助，與她合作開發香氛蠟燭和香氛內衣等商品，開拓了更多工作領域。雖然聽到別人叫她網紅，會覺得有點難為情，但她覺得自己正一步步接近理想中的自己。

在開始學習製作影片之前，她原本計畫以「香氛」作為自己的人生專長。幾年前——也就是新冠疫情爆發前，她曾投入一大筆費用，報讀香氛檢定學校並考取證照。當時，她夢想成為該校的講師。她將學到的知識和香氛教室的小故事寫進部落格，但點閱率始終不如預期。

在嘗試各種可能性的時候，麻衣從手機新聞得知，一種在中國發現的新型肺炎病毒正逐漸傳入日本。隨後，一艘郵輪上出現了感染病例，乘客被迫滯留船上。然而，麻衣平時不常看電視新聞，當時也未將這場疫情視為嚴重威脅。

過了一段時間，麻衣為了考取難度更高的證照，持續在香氛檢定學校進修，發現學生們紛紛開始戴起口罩。當時仍是寒風陡峭的季節，老師卻打開教室窗戶通風上課。

某天，麻衣常去的熱瑜伽教室出現確診病例。由於當時病例數仍不多，這件事登上了電視新聞，瑜伽教室也因此暫停營業。看到熟悉的地方出現在新聞畫面上，記者就站在現場報導，麻衣覺得新鮮有趣，甚至有點興奮，儘管她明白這種反應不太適當。

隔週，她在香氛課堂上不經意提到這件事，以為大家會覺得有趣，沒想到同學們聽到後臉色蒼白，嚇得不知所措。

再下一次上課時，課堂人數驟減。麻衣這才發現，全場只有她沒戴口罩。每當她開口說話，總有人露出驚恐的神情。直到Mizuna老師主動關心她是否有任何症狀，她才意識到大家把她視為高風險的接觸者。在此之前，她完全沒想過自己會被如此看待。

或許因為她曾提及此事，一週後，課程改為線上授課。無法實際練習調香，學費卻未退還，麻衣覺得有些荒唐，漸漸失去上課的興致，部落格也停止更新。

沒過多久，政府發布緊急事態宣言，加速推動了自主隔離的風氣。預約好的餐廳全被取消，本來計畫跟媽媽同遊的夏威夷之旅也告吹。

不過，事情也不全然是壞的。自主居家生活開始後，麻衣接到的文字工作明顯增加，或許是因為無法外出的民眾上網閱讀的時間變多了。業主要求她，只要是能吸引流量的報導，能寫多少就寫多少。

脫離備考生活後，麻衣的時間變得充裕，她開始專注寫稿。然而，她的工作內容，說穿了就只是四處瀏覽知名或不知名人士的Twitter，閱讀各式部落格與網路新聞，從中挑選有趣的題材拼湊成文。大約在那時，她得知這類未經採訪或考證的文章被戲稱為「農場文」。

文章的反應普普。不知從何時起，占據排行榜首位的總是色情報導或名人八卦，麻衣漸漸感到空虛。

過了一陣子，業主改以文章流量計算稿費，麻衣的報導單價因此下降。她無法接受這樣的決定，向責任編輯抗議後，對方私下透露公司高層已更換。新任高層計畫導入ＡＩ撰寫報導，全公司也準備朝這個方向投資。

聽到這個消息時，麻衣腦中只閃過一句話：

——沒錯，ＡＩ確實能寫……

她就這樣淡淡死心了。

**11個讓女人依賴你的戀愛技巧！**

**只要說這些，就能讓她視你為「命定之人」！不外傳的7個關鍵句**

**把妹達人分享「讓女性沉迷的技巧」！具有付費等級的價值**

這些是新冠疫情爆發後，麻衣寫的專欄中點閱率最高的文章標題。

她每次都邊寫邊想：會看這些文章的人，是不是腦子有問題？

如果只是當笑話看看也就算了，倘若真有人認真參考這些內容，那就太噁心了。身為這些文章的產出者，麻衣卻在心底鄙視讀者。一面鄙視，一面繼續寫下「取悅她後突然冷淡」或「用安心與不安交替動搖她的心」等文字。

第一次寫這類文章時，她的內心充滿咒罵與嘲諷：「如果真有人參考這些去追女生，乾脆去撞牆算了！」然而，當她寫到第五十篇、第一百篇時，心早已死透。

為了寫出這些沒營養的內容，她不得不揣摩男性視角物化女性。每當她寫得越心灰意冷，文章的流量越高。她真心覺得，這種毫無價值的廢文，交給沒有心的ＡＩ去寫就好了。

這類報導最常夾雜色情網站的廣告，偶爾也會出現誇大其詞的美容儀器廣告。只要她在文中加入批判觀點或反諷語句，這些句子總在刊登前被負責審稿的編輯部刪除。反正她也沒有著作權。麻衣交出的稿件，在提交的那一刻就不再屬於她，合約就是如此規定。即使文章被斷章取義、隨意摘錄轉貼，或夾雜色情廣告，她也毫不在乎。面對這些「代替ＡＩ寫的農場文」，她早已沒有任何情感。

麻衣雖然寫了許多文章，文筆卻未見進步，名氣也逐漸黯淡。回過神來，曾與她簽約的大型網站不再委託稿件，其他媒體公司也未找她合作。

她明白自己沒有文采，所以也怨不得別人。說到底，麻衣從來都不熱衷於寫作，所以一下就看開了。只是到了這個年紀沒有工作很丟臉，她接下這些案子，只是為了讓自己有點事做。

麻衣知道自己太依賴同住的父母了。他們不熟悉網路，只要說聲「我要趕稿」，便會認為女兒在努力奮鬥。聽著父親書房傳來的線上會議聲音，有時她會不安地思忖，自己還能這樣啃老到什麼時候？

麻衣曾懷抱這些心情，寫下標題為「想用熱愛的工作實現自我，反而像是一種詛咒」的報導。不知為何，唯獨那篇文章沒有被編輯部刪改，就這樣直接刊登出來了。當她看到自己的文章夾在色情廣告中登出時，竟忍不住淚流滿面，連她自己都被這個反應嚇了一跳。

雖然文章的點閱率不高，卻讓她想起了學生時代許下的願望「做自己熱愛的工作，實現自我」。

驀然回首，她卻連自己究竟喜歡什麼都搞不清楚了。

轉機來自同期同事愛美傳來的LINE。

「我有件事想跟妳商量，方便上Zoom聊嗎？」這則訊息是在延期的東京奧運剛結束時傳來的。

能被愛美選為「商量對象」，麻衣非常高興。她很想幫上忙。明明只是與同期同事對話，她卻帶著宛如面試般的緊張感打開了Zoom。

透過螢幕鏡頭看到的愛美，臉上難掩疲憊。

商量的事情與愛美先生工作的餐廳有關。

在此之前，麻衣對愛美的先生幾乎沒有印象。但這次聽愛美詳細說明，才知道他在一家創意洋食連鎖店工作。為了不讓自己在Zoom畫面中顯得分心，麻衣悄悄用手機搜尋了店名。

雖然是連鎖餐廳，但在東京都內僅有幾家分店，麻衣之前從未聽聞。定位既不像平價的家庭餐廳，也不屬於高級餐廳。網上的口碑不錯，照片中的餐點看起來美味可口。如果能在限制外出前知道這家店，麻衣應該會常去光顧。

但現在不是說這些的時候。據愛美說，從餐廳的座位數與店面規模來看，即便有政府補助，仍入不敷出，目前正面臨付不出店租的危機。

「麻衣，記得妳常在各大網站寫報導，有沒有辦法幫忙轉介相關媒體呢？」

鏡頭前的愛美露出傷神的微笑，接著說：

「我先生的餐廳最近開始在網路上販售正宗法式套餐，會將食材與食譜寄給顧客，也會和網路影片平臺合作。我覺得這個企劃滿有趣的。」

她快速地說明。

麻衣沉默了一秒，趕緊回覆：

「企劃聽起來很有趣耶！我跟出版社的責任編輯開會時，會幫忙提一下。」

螢幕另一端的愛美雙手合十，滿臉感激：

「真的謝謝妳！抱歉因為這種事麻煩妳。」

麻衣心頭一陣刺痛。

其實，她根本沒有與「出版社的責任編輯」開會的計畫，只是為了面子不小心脫口而出。她早已沒有固定的編輯聯繫人。先前的責任編輯因確診而暫停工作，之後便音訊全無。後來有其他人聯繫她，但只要求她將稿件傳到某個帳號。聽說稿件的分類與校對，如今都交由ＡＩ處理。

明明現實如此，她卻誇口說出「跟出版社的責任編輯開會」。想到自己讓愛美抱有過度期待，罪惡感與無力幫忙的羞愧交織湧上心頭，她突然感到悲從中來。

那天，麻衣睽違許久地更新了部落格。

今後該如何生存？自己又該繼續這份工作到何時？她一邊認真思考，一邊寫下心情，意外寫成一篇連自己都驚訝的長文。雖然她過去撰寫了許多網路報導，但真心投入情感、抒寫自己的東西，已經是好久以前的事了。

因為這是愛美不知道的部落格，她得以自在抒發，想寫什麼就寫什麼。

——我無時無刻都感到不安，這樣的日子還要過多久？難道會一直持續到死去為止嗎？——

麻衣在部落格上傾訴了真實心聲。

幾天後，她大吃一驚。這篇文章的點閱數遠遠超過了她之前撰寫的芳香學校系列文，留言區湧入大量共鳴與鼓勵的回應。將內心深處的想法化為文字，遠比在網路上四處搜尋、拼湊農場式報導題材來得充實多了。

麻衣心想，不如在社群經營上再多努力一些吧！

她一直夢想從事能將人連結起來、為世界帶來影響的工作。所以，過去她親手嘗試了各種方式。Twitter、Instagram、Pinterest……。她不僅分享香水相關資訊，還寫下電影觀後感、美容小知識等，將日常靈感記錄在部落格上。Twitter用來宣傳文章，Instagram則分享優美的咖啡廳或美術館巡禮照片，或展示租來的服裝搭配各種小物的創意組合。在疫情爆發前，麻衣持續更新這些內容，但追蹤數與瀏覽量始終沒有顯著成長，於是她漸漸失去了動力。

麻衣決定嘗試看看新媒體。

她突然靈光一閃：何不來拍影片呢？

要露臉嗎？還是不露臉呢？麻衣稍稍猶豫著。過去，她從未公開自己的長相，頂多分享不露臉的服裝穿搭，或是壓低帽子、戴口罩遮住半張臉的照片，小心翼翼地避免長相曝光。

然而，在仔細觀察以十多歲到二十歲出頭為主要用戶的短影音App後，麻衣發現許多年輕人都大方露臉。這些數位世代的年輕人幾乎毫無顧忌，想做什麼就做什麼，勇敢秀出宛如泳裝般大膽的洋裝穿搭，或是坦然分享美容整形的經驗。看到這些，麻衣頓時卸下了心防。反正認識的人不太可能看到，不如放手做影片吧！讓她加倍鼓起勇氣的是App內建的「美顏濾鏡」。套上濾鏡後，肌膚瞬間變得光滑細緻，眼睛和鼻子的優點也被自動放大，試用後的成果令麻衣感動不已。只要鏡頭上的自己比真實模樣稍微好看一點，她就不再害怕公開長相。

麻衣選用了「急速上升」排行榜中最熱門的音樂，連同剪輯作業，不到三十分鐘就完成一支短影片。她隨手製作、隨意上傳，原以為在眾多競爭激烈的影片中，自己的作品很快就會被淹沒。沒想到不知怎地，播放次數竟直線飆升，轉眼突破一萬次。正當她驚呼：「這是真的嗎？」時，播放量又迅速衝破兩萬次。

麻衣接著上傳了幾支類似的影片，並公開自己的年齡為「33歲」。年輕女孩們紛紛留言讚美：「好年輕！」「超可愛！」麻衣嚐到了甜頭，興致勃勃地嘗試跳舞或套上變臉濾鏡，玩遍各種拍法。沒有多久，她的追蹤數就達到三萬。

麻衣的私訊開始收到企業的廣告合作邀約。即便只收到一、兩件邀約，她已感到欣喜萬分。然而，某天早上她打開私訊匣，赫然發現有四十多封訊息湧入，瞬間有種世界為之開闊的感覺。

在建立自信後，麻衣接著創建了自己的影片頻道。

她嘗試拍攝「房間導覽」影片，介紹房間的各個角落。這也是短影音App上追蹤者的提議，年輕女孩們紛紛留言：「好想看看Mai的房間！」「來拍個房間導覽吧！」

麻衣又拍了幾支介紹房間各角落的解說影片，但播放次數不如預期成長，訂閱數也遲遲無法突破百人。她感到困惑，又試著上傳了一支烘焙磅蛋糕的影片，訂閱數才好不容易超過百人，但隨後便停滯在一百二十人左右，明明她在短影音App上的追蹤者已超過三萬人。麻衣多次呼籲短影音App上的追蹤者訂閱她的影片頻道，大家卻不怎麼踴躍。當時她還不明白原因。

現在麻衣終於懂了，問題出在影片品質太低。

相較於幾秒就能看完的短影音，製作一支讓人願意沉浸觀看十分鐘的影片遠遠更具挑戰。畫面呈現得美不美、內容有不有趣、音樂搭不搭、建議或閒聊能不能打動人心——各種條件必須完美搭配，才能做出一支吸引人訂閱的影片。

如果是拍攝房間全景，或許還有些看頭，但麻衣不知為何開始在意隱私，只像藝人般用變焦鏡頭拍了房間幾個不起眼的小角落。這種平淡無奇的畫面，根本毫無吸引力可言。

由於播放次數不見起色，麻衣決定放棄製作十分鐘的影片，回頭經營原本的短影音App。她買了新的化妝品，錄製了一支化妝影片，沒想到反應遠低於預期，讓她有點尷尬。

原來熱度退得這麼快。

短影音以秒為單位，觀眾容易即時反應，初期往往能迅速累積流量，但熟悉之後熱潮便迅速消退。麻衣的影片缺乏新意，年輕女孩們紛紛取消追蹤。沒人點閱，影片就難以被平臺推播；播放次數停滯不前，就難以被新觀眾看到，宛如惡性循環，觀看的人越來越少。這段期間，新帳號如雨後春筍般冒出頭，許多人因為發布新影片而短暫爆紅，也旋即如泡沫般消失。麻衣回想自己曾因短暫的虛浮熱潮而沾沾自喜，不禁感到羞愧。這樣的情形已反覆多次，麻衣再清楚不過。

若是以往的她，或許早已放棄經營。

然而，麻衣並未放棄。反正閒著也是閒著，與其撰寫夾雜在色情廣告中的廉價報導，她決定深入研究如何製作影片。因此，她開始仔細觀察同世代女性製作的Vlog。

經過一番研究，麻衣發現許多非藝人或模特兒的女性創作者，僅透過展示身影與生活片段，就成功獲得上萬的播放次數。相對地，有些頻道拍攝認真，卻連一百次播放都不到。麻衣反覆比較兩者，試圖找出其中的差異，卻看不出明顯的區別。是因為這樣嗎？每當她以為破解了流量密碼而重新檢視，卻發現同樣的條件下，許多影片依然表現不佳。

研究了半天之後，麻衣得出一個結論。

答案意外地簡單：與其「想太多」，不如「多出片」。

實際上，也只有持續不斷產出影片的人才能存活下來。當然，每天都有許多播放次數不到百次的影片被更新，看似無用，但累積發布的內容越多，爆紅的機率就越高，這是不爭的事實。偶然因為某支影片一炮而紅的創作者，便能藉機累積更多訂閱者。

麻衣將頻道命名為「單身輕熟女Mai的香水日和」，直接點出自己的特質。接著，她全心投入製作影片、頻繁更新內容。從製作水果冰沙、化妝、斷食、網購睡衣、卸妝到彈鋼琴，她樣樣都試。

頻道長期毫無起色，直到一支替媽媽製作香水的影片意外爆紅。那集特別記錄了她挑選香水瓶的過程，引起廣大迴響。收集香水小噴瓶是麻衣的愛好，如今已擁有上百個。公開她的香水瓶收藏後，吸引了許多觀眾的好奇心，而開心收到女兒禮物的媽媽身影也廣受好評，獲得「美人媽媽」和「母女感情真好」等讚譽。這些留言媽媽看了開心不已，也令麻衣又驚又喜。從此之後，無論製作什麼樣的影片，她都習慣介紹當日的香水與香水瓶。選定主題後，仔細挑選背景音樂、做好視覺配色，並且用心製作縮圖，這樣便有穩定的觸及與收入。

距離上次跟愛美聯繫已超過半年。這半年來，麻衣以出乎意料的速度爆紅，同時感受到過去的努力終於漸漸開花結果。

接著，麻衣試著訂購了愛美的先生企劃的「在家重現主廚料理」中最便宜的

「兩人份四八〇〇日圓」套餐。

她最初的動機是想盡量幫愛美一點忙，同時也希望獲得愛美的認可。

然而，當冷凍宅配的套餐食材送到家時，麻衣心裡閃過一絲不安。

萬一不好吃怎麼辦？非得介紹不可嗎？等於一人要價二四〇〇日圓的冷凍食品接受度高嗎？會不會太貴？

儘管有點擔心，麻衣還是先錄下了烹調過程。步驟出乎意料地簡單，連不擅長烹飪的她也能輕鬆完成。將料理裝盤後，成品看起來十分上相。更加令人欣喜的是——麻衣真的喜出望外，因為「在家重現主廚料理」的三道菜（香菇濃湯、油封豬五花、起司舒芙蕾），每一道都美味無比！令人真心覺得二四〇〇日圓的價格物超所值。

麻衣忍不住自言自語：

「呼，太好了！」

就在這一刻，她意識到自己在不知不覺間，已經開始為訂閱者用心把關。

對麻衣來說，「單身輕熟女Mai的香水日和」是她的自媒體，為了對得起訂閱者的信任，介紹的產品必須無愧於自己這塊品牌。

「在家重現主廚料理」不僅是為了幫愛美，也豐富了頻道的內容，更重要的是，能為觀眾提供有用資訊。察覺這份良性互動後，麻衣第一次從工作中體會到超越名聲與金錢的價值。

於是，她比以往更注重音樂與影像配色的細節，好讓料理看起來更加誘人。雖然這支影片的觸及率不如其他影片高，但收到了「看起來好好吃！」、「我也要訂購！」的熱情留言。

影片上傳一段時間後，麻衣依然對愛美保密，一方面是擔心播放次數不如預期，另一方面則怕出現惡意留言。

確認留言全是正面回饋後，她才將此事告訴愛美。愛美立即觀看影片，驚喜萬分地回覆：

——多虧妳的幫忙，銷量大增，我又驚又喜，感動得差點哭了！我知道妳應該很忙，但現在疫情也緩和許多，要不要找時間見個面？

看到愛美寫下「感動得差點哭了！」，麻衣自己也紅了眼眶。一向冷靜可靠的愛美，竟然會說出這種話。她平時不輕易表露情緒，這次會如此激動，想必很為先生的事業擔心吧。

麻衣覺得受到認可，心裡很滿足。雖然她還稱不上是網紅，但如果自己製作的影片能稍微幫到愛美，她真心希望能繼續朝這個方向努力。

**——很開心幫上忙。不用客氣，我也很想見妳，一定要找個時間聚聚！**

麻衣這樣回覆訊息。

兩人曾是共患難的同期同事，應該不用太客套，不知怎地，寫給愛美的文字卻顯得生疏。

麻衣心想，差不多該找大家出來聚一聚了。

季節逐漸回暖，疫情的陰霾即將散去。昨天電視報導，旅行社已經開始準備迎接外國觀光客了。

帶著愉悅的心情，麻衣輕輕滑動手機螢幕，打開行事曆。

兩個月後——

時隔兩年，今年的黃金週，政府不再發布新冠肺炎的緊急事態宣言，日本各地湧入比前年更多的觀光客。

尤其是首都圈附近的知名景點，據說人潮不僅超越前年，甚至比疫情前還要熱鬧。大概是連續兩年悶在家裡，解封後大家迫不及待出門旅遊，觀光熱潮持續高漲。一時間，媒體頻頻報導旅遊預約爆滿和交通堵塞的消息。

在這股熱潮下，麻衣特意避開黃金週，選了一個住宿費用較便宜的日子，入住東京都內的一間飯店。這趟旅程是為了拍攝以「三十代女子的飯店放鬆獨旅」為主題的Vlog而來。

為了營造度假氛圍，她精心挑選兩款香水：一款是清新高雅的柑橘系香味，另一款是溫和自然的木質系香味。據說柑橘系能舒緩壓力，木質系則有助放鬆身心。她計畫日後拍攝一支關於助眠香水的Vlog影片，這一次先以試水溫的方式介紹看看。

自從影片開始獲得穩定支持後，麻衣改用單眼相機拍攝。那是一臺小巧可愛、卻能捕捉細膩畫面的單眼相機。

她挑選了一間能從窗戶俯瞰時尚辦公區街景的知名飯店，晚餐叫了客房服務。她拍下自己放鬆的模樣、用餐的畫面，以及卸妝的過程……一邊用相機錄影，一邊適時調整姿勢。拍攝之餘，她還要確認影片內容，調整色調並製作縮圖。雖然名義上是度假放鬆，實際上幾乎沒休息。不過，她對拍出的成果相當滿意。

不久前，麻衣曾在線上酒會中邀請大學同學一起來這裡度假。她們是大一時因選修外語而結識、感情要好的五人小團體。然而，最後這趟旅行沒能成行。無論是有家庭的同學還是單身的同學，大家都忙得抽不出時間。

好不容易提出邀約，卻沒人響應，令麻衣有些失落。她暗自希望能將自己與女性好友相處的畫面拍成迷人的影片，但其實更渴望的是與這些同齡好友輕鬆閒聊。回神時，窗外的辦公區已夜幕低垂。麻衣打開窗戶，朝下方望去，看見上班族們匆匆下班的小小身影。她感到心情越發沉重。

看來，自己真的人緣不好。

雖然自認朋友不少，但此時此刻，卻沒人願意陪她一起出遊。

麻衣想起學生時期交往過的男友曾說她「不懂得珍惜友誼」。她沒有那樣的意思，但或許大家都這麼認為……想著想著，她的意志更加消沉。

即使隨後用沐浴鹽泡了個舒服的熱水澡，穿上為拍攝刻意帶來的絲質睡衣，心情依然沒有好轉。

她想起自己曾寫過那篇名為「想用熱愛的工作實現自我，反而像是一種詛咒」的報導。如今，她正一步步實現夢想，從事熱愛的工作，卻發現內心一點也不滿足。麻衣開始思考原因。

這一刻，她多麼希望身邊有個無話不談的好友，可以一起躺在床上開心話南北，偶爾也能討論深刻的話題。

從浴室出來後，麻衣在洗去身上所有香味後，噴上新的香水。是那款助眠的木質系溫柔香氣。為了讓香味完整包圍自己，她特意選用了無香的沐浴皂、洗髮精和護髮乳。拍攝完這些小物並打好說明後，麻衣索性從冰箱拿出一小瓶白酒，倒進玻璃杯中。

咕嚕、咕嚕、咕嚕。她連喝三大口，然後拿起手機，傳訊息給愛美。

——現在方便說話嗎？

按下傳送鍵後，她才突然感到緊張。

說起來，直到今天，她和愛美的見面計畫始終沒能敲定。

雖然不願多想，但麻衣總是隱隱覺得，愛美是不是其實不想和她見面？

這樣的念頭盤旋在心頭。

愛美曾說，想當面感謝麻衣幫她先生餐廳推出的商品宣傳，但麻衣提出兩、三個可能的見面日期後，愛美都以行程衝突為由婉拒。她似乎工作很忙，說了「等我忙到一個段落，會趕快告訴妳」後便中斷聯繫。

現在是平日晚上十一點，愛美應該已經下班回家，但不知是否仍忙著安撫孩子睡覺？

麻衣痴痴等待愛美回訊，心中忽然冒出一個念頭：何必胡思亂想？如果愛美真的很忙，就不會接電話；如果有空，自然會接起來。

於是，她下定決心，直接按下通話鍵。

電話才響了一聲，愛美就接起來了。

「麻衣？」她的聲音傳來。

「啊——嗯，抱歉這麼晚突然打給妳。」

「怎麼了？」

愛美急忙問道。麻衣其實沒什麼要事，卻不小心打了電話，頓時有些心虛。

「沒什麼事啦，愛美，我看妳最近一直很忙，想說疫情差不多解封了，應該可以約個時間見面了？」

「啊——」

愛美輕輕嘆了口氣，似乎在想：原來是這件事啊。但其實，最早提出要見面的可是愛美自己。

「時間不急，我只是怕不先約好，妳的行程會一直被塞滿。」麻衣解釋道。

「有道理，抱歉，是我一直沒主動找妳。那什麼時候比較合適呢？」愛美主動詢問。

「那……這個月底的週六或週日呢？」

其實麻衣接下來的兩個週末都沒事做，但是為了顧及面子，她故意提了更晚的時間。

「嗯……那個週日有孩子的運動會，前一天也要接送他們去上才藝課。」

對喔，麻衣這才想起，之前在訊息討論時間時，愛美常提到要「接送孩子上課」，導致計畫一再取消。

「那，六月之後呢？」

「我週六固定要接送孩子上課，週日早上則有足球比賽。六月的第一個週日要帶孩子去外地參加足球比賽……」

愛美滿懷歉意地說。去外地比賽？麻衣顰眉心想：小朋友也要參加這種活動嗎？之前在訊息聊天時，愛美總說週末要接送孩子去學游泳或踢足球。愛美的先生從事餐飲業，週末得上班，固定不在家。話雖如此，難道她沒有「媽媽朋友」之類的幫手可以幫忙照顧孩子嗎？

「平日也可以呀，像是下班後一起吃個飯。」麻衣提議。

「嗯，也是，只是我下班時間不太固定……」

愛美再次推託。

感覺她好像不太想見我——麻衣心裡這麼想，忍住沒說出口。

「如果是七月的話，週末應該可以。」愛美忽然說。

七月……也太久了吧？這是麻衣的感想。

「我正在看行事曆，七月有五個週末，游泳課應該有一天會放假。我再確認一下日期喔，確定後再告訴妳。」

愛美用哄孩子般的溫柔語氣說道。

「啊，對了，到時候……我可以找菜菜一起來嗎？」

她像是突然想起什麼，補充說道。

說到同期的菜菜，自從上次受邀去她新家後，麻衣就沒再見過她。想到那個開朗、廚藝超好的菜菜，麻衣很想看看她。

「當然好啊！」

麻衣興奮地回答。

她並不想獨占愛美，也希望能來場女子聚會。雖然她跟愛美比較熟，但如果只有兩個人，話題中斷可能也會有點尷尬，有菜菜在一定更熱鬧。

愛美承諾，等確定七月哪天不用接送孩子上課時，一定會約麻衣和菜菜出來見面。聽到這句話，麻衣終於放下心來。

她在飯店獨旅的Vlog中寫下心情：「好久沒和女性好友通電話了，我們約好之後要一起出來見面！」她期盼一邊「用熱愛的工作實現自我」，一邊珍惜獨處的時光，同時擁有要好的女性朋友，在享受人生的同時，也沉浸在美妙的香氣中。

麻衣想成為這樣的人。

## 江原愛美

「媽媽，妳好了嗎？」

黏在身邊聽著媽媽通電話的兒子優斗終於開口。愛美掛斷麻衣的來電，輕輕嘆了口氣。

此刻已是深夜，在電話響起前，愛美才哄好孩子入睡。但下一秒，電話響了。她在客廳壓低音量講電話時，優斗從臥室跑出來找她。看到媽媽在講電話，他似乎鬆了口氣，但睡意全無，一臉想說話的模樣在旁邊晃來晃去。愛美對他比了個「回去睡覺」的手勢，他卻露出快哭的表情。愛美心裡一陣焦急，只想趕快結束通話。同樣是兄弟，八歲的春斗一旦入睡就能一覺到天亮；但大他一歲、已上小學四年級的優斗，卻總被一點風吹草動驚醒。以前還沒這麼嚴重，但最近夜半驚醒的情況越來越頻繁。

學校發的通知單上提到，父母若對新冠肺炎的防疫過於緊張，可能導致孩子情緒不穩，愛美心想或許這也是一個原因。

在確診人數激增的報導期間，優斗只要看到弟弟春斗在戶外摘下口罩就會神經兮兮。除此之外，他常害怕地問：「媽，我們會不會得新冠肺炎？」讓愛美看得既心疼又自責，盡量避免在孩子面前看電視新聞，改播一些輕鬆歡樂的節目。即便如此，優斗眼中仍時常流露不安。

愛美努力在孩子面前裝出開朗的模樣，其實內心早已脆弱不堪。先生的餐飲事業前途未卜，克服重病的母親又因身體不適經常臥床，這些事讓她害怕得無以復加。一想到這些，愛美就無法平靜，自己也頻頻失眠。雖然買了市售的安眠藥，但效果不佳。她知道應該去身心科就診，但又擔心在醫院感染新冠病毒，種種顧慮使她遲遲無法行動、如坐針氈。

在第一次緊急事態宣言發布前不久，愛美的母親正好住院治療。為了防止院內感染，醫院全面禁止探病。愛美暗暗想著，倘若母親不幸離世，自己連陪伴她走完最後一程的機會都沒有。每天處於可能與至親永別的恐懼中，她仍得為工作操勞。先生的餐廳陷入長期停業，生活更是雪上加霜。那段時期，她根本無法安心休息。

那陣子，愛美的白髮驟增，臉上總是掛著濃重的黑眼圈。

雖然工作多採遠距上班，儀容如何似乎無關緊要，但孩子們看著媽媽憔悴的模樣，可能也對優斗的內心造成不小的衝擊。一想到這，愛美便深感自責。

幸好，母親未感染肺炎，癌症治療也進展順利，如今已出院，過著在家與醫院間往返治療的生活，愛美總算能稍稍喘口氣，但仍不敢有絲毫大意。她覺得自己的心彷彿總被這些事綁架。那段日子，就像每天在黑暗中走鋼索，稍不留神便可能失足墜落。身邊的大人精神狀態不穩定，作為孩子的優斗近距離感受著，怎麼可能毫無影響？

回想起來，優斗從小就特別敏感纖細。還是幼兒時，只要愛美因疲憊而稍稍冷落他，他就會跑來撒嬌問：「媽媽還好嗎？」當她連續加班、請保母來家的次數增加時，優斗總會在半夜尿床，情緒極易受到影響。即使現在電視已經不再密集報導疫情，只要愛美去浴室或陽臺打掃，優斗一時看不到她，就會驚慌地四處尋找。

都是我的錯……

最近，只要想到優斗，愛美的心就隱隱作痛。

儘管現在學校已恢復正常上課，優斗似乎還是過得不快樂。他偶爾會提到學校的事，卻從未提起任何朋友的名字，感覺他在班上總是被孤立。

愛美因為全職工作，認識的媽媽朋友不多，但有幾位從幼兒園時期就熟識的媽媽，偶爾會聚在一起聊天。

聽著那些孩子就讀不同小學的媽媽們談論孩子在棒球社團的努力，或是即將開始上補習班，愛美覺得自己被遠遠拋在後頭。

打棒球、上補習班，這些煩惱對她來說彷彿來自另一個次元。她甚至擔心，某天優斗突然說不想上學該怎麼辦。她明白是自己讓孩子感到不安，卻也希望孩子能試著堅強一點。

最近，愛美盡量提早回家，也交代公司下屬晚上九點後不要打電話來。她希望在優斗情緒不穩的這段時期，能將他放在第一位。

結束通話後，她帶著優斗回到臥室。優斗始終縮著身體，緊緊抱著她，像是細細嗅聞她身上的氣味。

弟弟春斗總是嫌熱，討厭抱抱，但優斗卻特別喜歡親密接觸。兄弟倆的差異，常常弄得愛美十分混亂。

和哥哥不同，春斗偶爾會主動說想請假不上安親班，改和朋友搭巴士去足球學校上課。相對地，優斗個性膽小又沒有朋友，愛美不敢奢望他會自己想出去玩。因此，優斗的才藝課只能統一安排在愛美方便接送的週末。平時放學後，他都待在安親班。

優斗緊抓著愛美的手臂，終於睡著似地翻了個身。愛美感受著左右兩旁傳來兩個孩子平穩的鼻息。

我也睡吧。愛美心想。

她本來想趁等先生回家時，順便開電腦回幾封信，但現在若隨意起身，優斗可能會再次驚醒。她實在提不起力氣。

進公司總有堆積如山的雜務，遠距工作則有開不完的會議。愛美能感受到連日累積的疲憊。

她隱約記得，曾有段時期，工作與家務蠟燭兩頭燒，幾乎將她壓垮。那時，她像洩了氣般開始抽菸。

某天，在日常散步時，優斗突然問：

——媽媽，妳會抽菸嗎？

那是在新冠肺炎迅速蔓延，政府限制旅行與外出的時期，他們只能偶爾奢侈地到公園散步。聽到「抽菸」從兒子口中冒出，愛美心頭一驚，但仍故作鎮定地問：

——為什麼這麼問？

——只是問問看……

優斗支支吾吾。

在那不久前，全家一起看了電視新聞，報導提到肺病患者若染上新冠肺炎，可能會演變成重症，甚至有生命危險。優斗的問題或許從這則可怕的新聞而來。連小學生都知道抽菸傷肺嗎？還是他聽誰說的？愛美抽菸時總是格外小心，但曾被優斗撞見一次。她以為孩子很快就會忘記，沒想到那一幕仍留在他的幼小心靈。

——媽媽已經不抽了喔。

其實愛美前天才抽過，但她如此回答。

——嗯哼。

優斗不置可否。

——我戒菸了。

她又強調了一次。

從那天起，愛美真的不再抽菸，至今已滿兩年了。

回想疫情時代，育兒與工作的壓力持續變化，愛美常處於高壓之中。但在種種煩心事中，她毅然決然戒了菸。

麻衣的急事，說穿了就只是「想見面」。

老實說，這種事請傳LINE就好！愛美本來不太高興，但隨即想到，兩人確實在LINE上討論過日期，卻一直沒能敲定時間。

麻衣對她有恩，愛美無法斷然拒絕。

還記得第一次緊急事態宣言發布時，餐飲業一家接著一家暫停營業，先生負責的餐廳也不例外。店面關閉，工讀生與約聘員工陸續被解雇，只剩正職員工領基本薪資，但前景未明。雖然餐廳停業，先生仍得留在人力縮減的公司，處理總務、人事等繁重雜務，當時他總是滿臉疲憊地盯著電腦。隨著疫情擴大，政府發布第二次緊急事態宣言，餐飲業面臨更大挑戰。看著丈夫漸漸失去笑容，愛美心痛不已。她確認了存款餘額，仔細蒐集教育費的資訊，同時為未來的生活絞盡腦汁。

看著丈夫連日嘆氣，愛美感到無能為力，於是鼓起勇氣找麻衣幫忙。麻衣慷慨地在自己的影片頻道介紹了丈夫企劃的餐廳商品。

那支製作精美的影片，播放次數已接近一萬，留言區可見「我也想買！」、「好想試試看！」等好評。

雖然實際銷量不如愛美告訴麻衣的「大增」，但影片公開後，銷售確實有所提升。麻衣自掏腰包、無償幫忙到這個地步，愛美由衷感謝，也希望能當面致謝。

然而，她不是找藉口，而是生活真的忙到片刻無法喘息。因此，見面的日期始終沒能定下來。

愛美不知如何向麻衣訴說自己的忙碌。她多希望工作之餘的每一秒，都能全心奉獻給孩子。然而，她覺得麻衣可能無法理解這些心情。她不知道該怎麼向沒有孩子的麻衣傾訴，優斗長期焦慮不安，即使已上小學四年級，每天仍需抱著媽媽才能入睡。

一想到得擠出時間與麻衣見面，愛美忍不住又嘆了口氣。她並不排斥見面，甚至很想見麻衣一面。但為什麼自己會嘆氣呢？

我應該是太累了。愛美想著。

之前去菜菜家參加家庭派對時，她還沒忙到這個地步。

突然變得忙不過來，原因來自食譜App「咕嚕咕嚕」一夕爆紅，契機來自電視節目的介紹。那是一個新聞綜藝節目，當時餐飲業接連關閉，主婦們不得不學著自己下廚。節目推出如何提升生活品質的特輯，介紹了食譜網站與料理App，其中就包括「咕嚕咕嚕」。

不僅如此，節目上的一位女明星大讚：

「這款App超好用，我一直在用！」

這就是爆紅的關鍵。聽說女明星的發言並非事先安排，連節目工作人員都感到意外。據說她是真的很愛用「咕嚕咕嚕」，甚至在女性雜誌的專訪中大力推薦。

因為這些意外巧合，App的註冊人數爆增，食譜中附有連結的自家產品銷量也跟著大幅成長。

「大賺一筆啦！」

日前剛升任課長的坂東笑著說。

他介紹自己的客戶給愛美認識，並且大膽提出以「咕嚕咕嚕」為主角的合作企劃。

愛美與坂東因為同期情誼，工作上總是互相支持。如今公司多採線上會議，時間安排也變得更容易協調。坂東確實提出許多創意十足的企劃，例如與連鎖零售店合作，推出限時的「咕嚕咕嚕」套餐組合，獲得熱烈迴響，目前仍在持續進行。

不只坂東，其他部門的同事也紛紛提出異業合作的想法。大家認為得重新審視工作方式，希望善用「咕嚕咕嚕」這項工具，為自己的業務注入新活力，於是頻頻向愛美表達合作意願。

不久後，甚至談到為「咕嚕咕嚕」製作專屬電視廣告。雖然只是深夜時段，但向那位大力支持App的女明星提案後順利獲得同意，成功實現。

接下來的發展更令愛美驚訝連連。在疫情擴散前，「咕嚕咕嚕」不被視為重要服務，僅是為企業網站增添亮點的企劃，沒人期待它能帶來顯著業績。然而，當嚴格的居家防疫生活開始後，與先生那樣的餐飲業者形成強烈對比，協助在家烹飪的「咕嚕咕嚕」成為炙手可熱的大型商機。

回過神來，預算已翻倍，原先的「咕嚕咕嚕」企劃課也於去年九月升格為獨立部門。愛美的職稱變成「課長兼統籌製作」，坂東笑稱這是「超酷的頭銜」。愛美的主管大原，則是一邊兼任其他部門，同時擔任「咕嚕咕嚕」的部長。

恭喜！恭喜！許多人紛紛道賀，但愛美對公司的決定有所質疑。

她認為部長一職應該由自己擔任，而不是大原。

由她升任部長才合理，這樣她才能提拔共同創立「咕嚕咕嚕」、小她一歲的部下成為課長。

環顧四周，不只坂東，西和三芳也在這兩年陸續晉升，即將成為課長。這是公司慣例，通常會在員工三十到三十五歲間安排升任課長或課長代理。雖然愛美早一步成為課長，但其他人也穩步追上。

相對地，她的部下同屬「咕嚕咕嚕」的創始人，卻仍停留在課長代理之下的主任職位，遲遲未獲晉升。愛美不禁懷疑，難道是因為她是女性？或是公司只願讓一位女性出人頭地？這會是她多心了嗎？

在人事調整前的面談中，愛美曾向大原強調這位部下的貢獻，大原當時看起來也認同。然而，這位現年三十二歲的部下，至今仍未晉升至管理高層，而她的同期已有不少人升為課長。

說到公司裡女性的處境，照理說，愛美的同期菜菜也該來到晉升的階段。然而，菜菜卻從管理部被調到客戶服務中心，顯然是降職。公司還對外宣稱這是為了照顧她第一次請產假的安排。愛美不清楚菜菜本人的想法，也希望找機會了解她的真實感受。

有時候，愛美會從坂東那裡聽到三芳對家庭的抱怨，例如：「菜菜老是在生氣。」「我在家都抬不起頭來啊。」「回家壓力好大。」但這些都只是三芳單方面的說法。

——連脾氣那麼好的菜菜，生了小孩後也變得暴躁了？

坂東歪著頭說，似乎想試探愛美的想法。

——菜菜會這麼生氣，原因難道不是出在三芳身上？

愛美這樣回應，但坂東立刻為兄弟講話：

——不，那傢伙結婚後真的變得很認真。他一直說菜菜很可怕。

——是嗎？

愛美不相信那個開朗大方又好客的菜菜會變成這樣。

剛進公司時，同期女同事們常跑去菜菜的租屋處熱鬧聚會，給她添了不少麻煩，但菜菜總是笑咪咪的，從未露出不悅，每次還會俐落地端出幾道下酒菜，甚至接受大家的隨興點餐。明明她也在工廠實習得很累了，卻總是站在廚房忙碌。連一開始有些顧慮的愛美等人，也漸漸在她面前卸下心防。當時，菜菜還被大家暱稱為「居酒屋菜菜」，她自己似乎也樂在其中。

愛美能感受到菜菜對烹飪的真心熱愛。這樣一位才華洋溢的人，竟然來到食品公司工作！當時，愛美覺得菜菜的光芒耀眼奪目。與自己為了讓大家輕鬆做菜而策劃「咕嚕咕嚕」的目標相比，她更欣賞菜菜親手烹飪、款待朋友的真心誠意。然而，菜菜不僅沒能進入夢寐以求的商品開發部，如今還被降調客服中心，無止境地接聽電話。愛美光是想像就為她感到心痛。

公司未能善用菜菜這位人才，讓愛美深感惋惜。

若要簡單分類，菜菜屬於「容易被搶功」的那類人。這樣評價朋友或許有些傲慢，但每次與菜菜相處，愛美總為她擔心。因為菜菜毫不吝惜奉獻自己的時間與心力，是一位溫柔善良的人。然而，世上並非所有人都懂得珍惜與尊重像她這樣的人。有些人會看似無心地接近菜菜，裝作不知情地奪走她的成果，而且對此毫無罪惡感。

人的本性不會因生孩子而改變。假使菜菜的個性變得尖銳，八成是因為三芳的影響。

菜菜還好嗎？

愛美認為，真正了解菜菜善良本質的人，有責任保護她。這是自己的使命。不只是菜菜與三芳的夫妻關係，在職場上也是如此。為什麼公司不願實現她單純的願望？重用像菜菜這樣的人才，難道不會為公司帶來更大利益嗎？

這種心情，與愛美因為部下對「咕嚕咕嚕」全心投入卻未獲應有認可而感到憤怒，有著根本的關聯。

愛美希望能為她們多出一份力。

她渴望擁有足夠的能力，可以大聲疾呼，為自己支持的人爭取應有的權利。

這不僅是為了自己。為了她想守護的人，她必須變得更強大。

With……

**板倉麻衣　岡崎彩子　江原愛美　三芳菜菜**

彷彿施捨般的梅雨季轉瞬即逝，緊接著異常的高溫持續著，令人不禁懷疑世界究竟怎麼了。才剛這麼想，明明才七月，卻有大型颱風來襲，大雨嘩啦啦地沖刷著街道。

今早的新聞報導提到，新冠肺炎確診人數再度緩慢攀升。但麻衣覺得，城市已回不到當初那個自律的居家隔離時代了。

這段期間，她與大學同學久違地聚了一次。雖說是口罩餐會，但大家摘下口罩又戴上口罩地吃了沒幾口後，有人開始斷續說話，有人一搭一搭地回應，沒多久話題便熱絡起來，再也沒人記得戴回口罩。

印象裡，同齡朋友中，有人的孩子剛考完小學入學考。單身的麻衣完全無法想像有孩子的生活。

——大概是那個年紀吧？

麻衣坐在電車裡，望著對面座位上的母子。七月已進入下旬，男孩應該正在放暑假。麻衣模糊地回想自己的童年生活。

「河！有河！」

男孩興奮地對媽媽喊道。

電車緩緩駛過一條大河，麻衣凝視窗外逐漸擴大的綠意。她的生活從未離開東京都心的老家及周邊地帶，對她而言，若非出遊，平時根本不會搭乘這麼長程的電車。她從沒去過近郊小鎮。今天，她帶著從家附近名店買的生乳捲，目標是前往愛美家。在愛美兼顧工作與家庭的忙碌行程中，僅能勉強擠出下午的空檔。聽說除了愛美，菜菜和彩子也會到場。

抵達車站時，愛美和菜菜已在驗票口等候。麻衣為遲到致歉，隨即會合。

「小樹——」

菜菜朝站在不遠處的小男孩喊道。背著小背包的男孩猛地衝向菜菜，撞上她。菜菜叮囑：「別跑太遠喔！」小樹應了聲：「好——」卻立刻又跑遠了，接著從遠處衝回來，毫無意義地來回奔跑，時不時喊著：「媽媽——」「要搭公車嗎？」「那是什麼？」看見什麼都要問，卻不等菜菜回答，又一溜煙跑開。過去，麻衣總覺得幼童這種行為很麻煩，但現在，她竟然覺得這些捉摸不定的舉動滿有趣的，甚至開始好奇孩子眼中的世界是什麼模樣。她感到內心有什麼正在悄然改變、萌芽。

「小樹真活潑啊！」愛美笑著說。

「抱歉，他老是這麼吵，每天都這樣……今天應該沒問題吧？」

菜菜略帶擔心地皺起眉頭。

「來我們家有兩個哥哥的玩具，還能看Netflix喔！」

「他什麼都會破壞，我真的很擔心。」

「是個小搗蛋啊——」

就在麻衣聽著兩人對話時，下一班電車到站，彩子隨之現身。

聽說彩子不知何時，已跟他們的同期同事西訂婚。麻衣聽到這個消息時，不禁好奇他們究竟是在哪裡、又是怎麼認識的。

麻衣也曾經歷過積極尋找結婚對象的時期，那是在疫情之前。她以方便網路報導取材為藉口，下載了好幾款交友軟體並註冊，其中包括設有入會門檻的正式相親App。

透過這些交友軟體，麻衣有一陣子見了很多男性，最後澈底放棄了積極尋找結婚對象。

不，與其說是放棄，正確來說應該是「看透了」。

事實上，每一個與麻衣見面的男人都希望能繼續與她見面，並且想以結婚為前提交往。但其中沒有任何一人讓她產生「想再見一次面」的想法。當然，她也拒絕了所有人的要求。

麻衣想起初次見面時，他們都不約而同地拚命向她推銷自己。自我推銷的內容五花八門，有人直接強調自己的職位和年收入，有人誇耀自己對家人和朋友的情誼，還有人大談興趣和專長，或是吐露自己的弱點。

每個人都拚命強調自己跟麻衣有多麼相配，但也有人表達錯誤地說出這種話：「我設定的年齡範圍其實是二十幾歲，不過如果是妳的話，完全沒問題喔。」對於這種粗線條的發言，麻衣並沒有放在心上。

問題在於，無論是在星巴克喝咖啡，還是在法國餐廳用餐，幾乎沒有人會主動探究麻衣的內心世界。

他們光是親眼見到麻衣亮麗的外貌與品味，以及早已得知的年齡、畢業學校、工作經歷等表面資訊，就感到滿足了。若是再知道麻衣與父母同住在東京都心的頂級大樓，父親是大企業高層，他們的「調查」便圓滿了。偶爾有人會問些例行問題，像是假日如何度過、喜歡哪部電影，但只要麻衣隨意應答幾句，他們便不再深入了解。

沒有人對麻衣內心暗藏的抱負、難以掩飾的焦慮不安，或是看到美好事物時油然而生的感動，以及想與誰分享這些心情的渴望，表現出絲毫興趣。當然，初次見面很難談得如此深入，但麻衣認為，若對方連一開始都不關心她的內心世界，未來一輩子恐怕也不會在意。

每次與男人會面，麻衣都覺得自己彷彿成了公關小姐，唯一不同的是，無論聽多少話題，她一毛錢也拿不到。麻衣並非刻意如此，但她善於傾聽男人說話，並在適當時機以「哦——」、「原來如此」輕聲附和。結果，無論對方是銀行家、公務員、醫生還是教師，都會越說越起勁，毫無分寸地滔滔不絕。

麻衣還曾以這段經歷寫過一篇標題為「交友軟體百次相親，不聽人說話的男人們」這樣的報導。

她趁著採訪聯誼女性的機會，將自身經歷寫成專欄，沒想到這篇報導不僅點閱率低，還招來「女人說話才無聊吧」、「女人總是對男人要求過多」等惡意評論。

麻衣心想，即便只是泛泛之論，男人似乎也容不下女性的批評呢。

她不禁自問：有必要和這些男人中的任何一人結婚嗎？

若一切順利，她將來能繼承父母的不動產、股票與證券，即便需繳納稅金，她獨自生活到老也不會有經濟壓力。這樣的日子或許過得太輕鬆，但她認為這是自己應得的權利。

若能遇到心靈相通、想要終身相伴的對象，她或許會改變想法。但目前麻衣對沒有男人的生活感到滿足。即使未來遇到想共度人生的對象，她也不打算刻意更改戶籍。因為，麻衣早已過了憧憬婚姻的年紀。

若要說她現在還有什麼不想放棄的夢想，或許是想要有個孩子。

過去她從未認真思考這件事，也不特別喜歡小孩，但最近她常在想：養育孩子究竟是什麼樣的人生體驗？這或許是因為大學同學，或是愛美、菜菜等同期同事，陸續成為母親的緣故吧。

麻衣曾以蒐集專欄題材為由，查詢了精子銀行與凍卵的資訊。最近，她甚至開始有些期待養育孩子的可能性。

但她也明白，父母年老後可能需要照護，這不過是天馬行空的幻想。然而，她內心某處仍存有一份想要珍視自身母性的渴望。

現在，麻衣正在思索如何實現不需要男人又充實快樂的人生。

「哇！是Mai耶！」

彩子從驗票口走出來，一看到麻衣，雙眼便閃閃發光地喊道。

「我一直在看妳的Vlog！」

彩子以彷彿崇拜傑出校友的大學生表情望著麻衣，讓她不禁害羞地回應：

「咦！真的嗎？」

「妳的品味超棒，內容又很豐富，那是我最愛的頻道！」

彩子接連稱讚。

回想當初在菜菜舉辦的家庭派對上第一次見到彩子時，她似乎就特別注意自己。當時，彩子輕快的連聲稱讚令麻衣有些招架不住，但現在她能坦率感到開心，也覺得彩子大方讚美的個性十分迷人。

可愛、漂亮——比起那些以為隨口誇幾句就能得逞的小氣男人，來自同性的讚美純粹又溫柔得多。

啊，原來西欣賞這樣的女孩……麻衣望著彩子，覺得她耀眼動人。

「什麼是Vlog？」

菜菜聽著兩人的對話，好奇地問麻衣。

「就是Video Log，類似用影片記錄的部落格吧。」麻衣答道。

「麻衣現在可是網紅，訂閱數超高！前陣子還幫我先生宣傳店裡的產品，讓我們爆紅。」

愛美補充說明，現場頓時熱鬧起來，傳來「好厲害！」、「真不愧是網紅！」的驚嘆聲。

「我用這個拍的。」

麻衣先知會一聲要開始拍攝，隨即拿出平時錄影用的相機，上面裝著自拍棒。她邊走邊拍，鏡頭對準四人脖子以下的位置。因為麻衣事先提過要錄一段走路的畫面，大家都欣然接受。

「不會錄到聲音吧？」愛美確認道。

「不會，沒有錄音，背景也會霧化處理，讓人認不出地點。但脖子以下會入鏡，這樣可以嗎？」

「只要不拍到臉就沒問題。」

麻衣計畫將自己的一週生活剪輯成Vlog。「去女性朋友家玩」想必會成為這週最美好的一幕。

「像這樣邊走邊聊天，感覺好新鮮。平時我只跟兒子在一起。」菜菜說到一半突然停下，急忙追上前大喊：「喂——小樹！別跑太遠喔！」

「我可以拍小樹的背影嗎？」

「可以呀，但這樣拍不會有問題吧？」

「當然不會，他的背包超可愛！啊，彩子可以再靠近一點嗎？」

「好！」

彩子的手臂輕輕碰觸麻衣的手臂，倏地，一股柔和的香氣飄散開來。

麻衣一聞便知，既開心又感動，心想：

她還在用我的香水。

「能出現在Mai的Vlog裡，感覺像在做夢，今天特地買的衣服值得了。」錄影時，彩子的聲音微微上揚，模樣相當可愛。

「妳已經是鐵粉了吧！」菜菜打趣道。

「沒錯，我是啊。」彩子大方承認。

麻衣對彩子的印象變了。初次見面時，她覺得彩子像個心機重、愛裝可愛的女孩，如今卻覺得她率真又單純。

或許，改變的不是彩子，而是自己？麻衣思忖。過去的自己缺乏餘裕，無法好好欣賞別人的優點。

「謝謝，拍攝差不多完成了。」

麻衣檢查完錄製的片段後，關掉相機。

儘管事先說明過不會拍到臉，也不會錄下聲音，但或許仍讓人有些緊張。相機一收起來，三人都露出放鬆的神情。

隨後，在前往愛美家的路上，愛美向大家分享，麻衣為她先生公司推出的外送服務錄製了一段介紹影片，帶動了業績成長，還稱讚麻衣的影片品味出眾，搭配的音樂優美動聽。菜菜當場註冊了一個帳號，訂閱了麻衣的頻道。

愛美的家位於距離車站步行十分鐘的住宅區，是一棟附小型車庫的透天厝。房子正面細窄，內部深邃，屬於狹長型住宅。車庫裡沒有停放車輛，而是堆放著塑膠水桶、枯萎的盆栽、腳踏車、滑板車等雜物，以及在量販店買的小型置物櫃，而且已經生鏽了。後院的狹長庭院並未打理，雜草叢生。

「來，請進。」

愛美打開門，玄關散亂地堆放著孩子們的鞋子。聚會決定在愛美家舉行時，她曾提醒「我家很亂」，但麻衣沒想到真的這麼亂。走廊上有一輛玩具車，愛美順手撿起，塞進口袋。麻衣心想，養小孩果然不容易。

「打擾了。」

三人剛脫下鞋子，走廊深處便傳來兩個男孩咚咚咚的跑步聲。

「這是優斗和春斗，來，跟大家打招呼。」

愛美介紹後，兩個男孩害羞地問好，可愛的模樣引得大家會心一笑。

「這是小樹，請多指教。」

菜菜介紹自己的孩子。

「幾歲？」

「三歲。」

「哦——」

「優斗、春斗，帶小樹一起玩吧。」

「咦，媽，可以玩電動嗎？」

「有適合三歲小孩玩的遊戲嗎？」

愛美問道。兩個男孩似乎提到某款遊戲的名稱，愛美點頭同意後，將掌上型遊戲機交給他們。菜菜的兒子小樹對愛美兩個兒子拿出的遊戲機很感興趣，馬上離開媽媽，跑向兒童房。

「他們最近老是玩遊戲。」

愛美苦笑著說，神情與她在公司裡精明幹練的模樣截然不同。菜菜忐忑地望著小樹跟著兩個大哥哥跑掉的背影，臉上也是媽媽的表情。對麻衣來說，彷彿見到了朋友們不為人知的一面。

「我去煮咖啡。」

愛美走進廚房。旁邊的餐桌旁，包含兩張兒童椅在內，總共有四張椅子。

彩子帶了果凍，菜菜帶了餅乾，兩人將點心擺上餐桌。菜菜還準備了紙盤，動作俐落地將點心排列整齊。

麻衣帶了生乳捲當伴手禮。她繞進廚房，將蛋糕交給愛美，卻見流理臺上堆滿未收好的調味料、午餐留下的廚餘，以及尚未清洗的碗筷，心裡略感掃興。這款生乳捲是她在名店精心挑選的，外觀可愛又美味，但在這種情況下，似乎不該帶需要進廚房切片的蛋糕，應該像彩子和菜菜一樣準備小巧的點心才對。

不過，愛美從客廳茶几拿來砧板，輕鬆地將蛋糕切好。生乳捲造型精緻可愛，菜菜和彩子驚喜地歡呼，麻衣這才慶幸自己選了這份伴手禮。愛美轉眼間就為大家煮好咖啡，還不忘順手將點心送到兒童房，動作之俐落，與其說是同期中最快升遷的女強人，更像是婦女會中統籌全局的厲害主婦。麻衣心想，厲害的人果然不管做什麼都游刃有餘。兒童房傳來熱鬧的聲音，不同年齡的三個孩子似乎相處得十分融洽。菜菜的兒子小樹偶爾跑進客廳，但是只要愛美的孩子一喊，他又開心地跑回房間。

「彩子，聽說妳和西訂婚了，我要再次好好恭喜妳！」

在每樣點心都品嚐過一輪後，愛美開口說道。

「對呀，就是這件事，真是太驚喜了！妳和西現在相處得怎麼樣？」

麻衣感慨萬分，沒想到那場家庭派對竟然為彩子的人生帶來如此大的轉變。

「怎麼樣啊……」彩子先是靦腆地笑了笑，隨後坦率地說：「我們處得很好。」

聽見之後，麻衣等人異口同聲地興奮恭喜：

「太好了。」「真的恭喜妳！」「西感覺很可靠，令人放心。」

然而，彩子輕描淡寫地說：

「其實，是公司沒跟我續約……」

麻衣望向彩子。她的表情依然明亮，語氣流暢，帶著甜蜜的感覺，「沒續約」似乎不如字面上那麼嚴重。麻衣暗自鬆了一口氣。

但彩子以開朗的神情繼續說：

「有段時期，我的精神狀況很差，一直覺得自己會不會就這樣死掉。當時西問我，要不要一起住。」

三人霎時沉默下來。

——會不會就這樣死掉……

彩子若無其事吐露的真心話，彷彿還殘留在餐桌上。

「真的好辛苦，我們部門的工讀生也辭職了。在那個氛圍下，可能真的很難待下去……」

愛美平靜地說，帶著安慰傷痛的口吻，讓麻衣意識到彩子的處境可能比自己想像的更嚴重。因為彩子坦然訴說遭遇時不忘面帶微笑，所以麻衣也勉強維持著笑臉，但這樣的場面實在讓人笑不出來。

彩子依舊微笑著繼續說：

「我知道公司也是迫不得已，誰能料到世界會變成這樣？我不怪公司，也不怨其他正職同事。」

「是嗎？做了這麼久的員工突然被解雇，總覺得有點不能信任公司了。」

愛美面帶歉意地說。

「也不能說是突然……」彩子稍稍停頓，像在斟酌如何表達，隨後繼續說：「表面上只是合約到期，沒有續約而已，所以公司沒有任何勞資爭議。只是，以前聽說合約到期通常都會續約，派遣員工也是為了穩定才來工作。事實上，若不是因為疫情，公司應該會照常續約。但緊急情況下，他們必須優先自保。我只是深刻體會到，派遣員工在這種時候會最先被犧牲。」

「是嗎？」

「我們的存在，本來就是為了在緊急時刻方便人事調整。」

人事調整……麻衣在心裡反覆咀嚼這句委婉的說法。

「彩子明明幫了超多忙！」

菜菜氣憤地說，替彩子抱不平。

「謝謝，我真的有幫上忙嗎？我很喜歡這家公司，其實非常不捨得離開。不過，我現在正準備考證照，雖然還需要一些時間，但未來我一定會找到更好的工作。」

聽到彩子的話，菜菜眼眶泛紅。麻衣也感到一陣鼻酸。剛剛她還覺得菜菜說「幫了超多忙！」，接話方式似乎有點粗線條，但大家都知道，菜菜絕不會說謊，這是她的真心話。雖然她不善言辭，但真誠遠勝過語言。正當麻衣這麼想時……

「我也被調到客服中心，薪水還變少了。」

菜菜繼續說道，麻衣聽了不禁捏了把冷汗。這種事明明沒必要說出來。或許菜菜是想回應彩子的遭遇，但彩子應該也不希望被正職員工的菜菜同情吧？

然而，菜菜沒有停下：

「我覺得很丟臉，完全不敢跟同期提起自己被減薪。說真的，今天是我第一次說出口。」

「原來如此……」

愛美輕輕嘆了口氣。

「別說同期，我連對拓也都不敢提。他已經是課長了。愛美本來就很厲害，現在更了不起，還是『咕嚕咕嚕』的統籌製作人……」

菜菜說到一半，彩子接話：

「我知道『咕嚕咕嚕』，應該說，我幾乎每天都在用，真的很方便好用。」

「對吧？」

菜菜像在說自己的事般開心地笑了，隨即自嘲道：

「相比之下，我真的沒做什麼，薪水差這麼多也沒辦法……」

愛美立刻回應：

「才不是這樣。菜菜，妳現在只是沒能全心投入工作，小樹還那麼小。」

「唉，可是妳也有兩個孩子，工作還做得那麼好。我光是做家事就累到不行了。」

聽到菜菜這麼說，愛美突然話鋒一轉：

「菜菜，我家孩子還小的時候，我也常常累到動彈不得。但我沒像妳這麼辛苦，因為早上都是我先生負責照顧孩子，幫他們準備東西，送他們去幼兒園。如果孩子感冒，也是他白天趕去接回來。而且，我還花了不少錢請家事幫手和保母，因為我先生從不計較這些開銷。雖說我們本來就是靠雙薪才買下這間房子，但他從沒問我要不要辭職或休假，反而盡量分擔家事。在我們家，分工合作是理所當然的。可是，菜菜，妳呢？三芳有沒有幫忙做家事？」

她直截了當地問了。

菜菜沉默片刻，隨後帶著放棄般的笑容說：「嗯，他不願意幫忙。」

「我還沒跟麻衣和彩子說，但今天愛美邀我來之前，我先跟她聊過了。我打算離婚。」

菜菜脫口而出。

「已經決定了嗎？」

彩子問道，菜菜點了點頭。

「……發生了什麼事？」

麻衣追問，菜菜簡單答道：

「他會精神虐待。」

「什麼！」

麻衣忍不住驚呼，旁邊的彩子也倒抽一口氣，隨即陷入沉默。麻衣接著說：

「那太糟了！」雖然她表現得十分震驚，但心裡其實早有預感。

麻衣曾和三芳拓也短暫交往過。在一起的時候，他多半表現得像個紳士。然而，當他面對看似可以輕視的對象時，會說出傲慢的話語。他的自尊心極高，情緒似乎也很容易失控。

模糊的記憶逐漸清晰。

某次，麻衣和三芳一起搭計程車，三芳對找不到路的司機表現得很焦躁，然後好像說出了很難聽的話。是什麼呢……？麻衣只記得自己心裡想著：「有必要說得這麼過分嗎？」

當時，麻衣也因為司機走錯路而煩躁，甚至想談要扣掉走錯路的車資，但三芳的說法實在過頭了。

回想起來，他對餐飲店員的態度也是如此。他曾說出讓麻衣心想：「咦？有必要這樣嗎？」的話語。那不是普通的提醒，也不是孩子氣的發脾氣，而是帶著一種鄙視的口吻——對了，他對那位司機說的是：「拜託你認真工作好不好？」

那是一位上了年紀的司機，或許還不熟悉開計程車，走錯路後顯得懊惱又焦慮。面對誠心道歉的年邁司機，二十出頭的年輕人竟然以說教的口吻說：「拜託你認真工作好不好？」

精神虐待……

那傢伙一定深深傷害了菜菜。她肯定經歷了非常過分的對待。

麻衣十分篤定。

「我受不了了。」

菜菜苦笑著坦白，嘴角雖然在笑，淚水卻在眼眶中打轉。

「一定要把孩子的撫養權爭取過來。」

麻衣嚴肅地說，菜菜也正色回應：

「嗯，我知道。」

聽到「精神虐待」這個詞，彩子心頭一震。她不想讓熟知西的三人察覺自己內心的緊張。

「到底發生了什麼事？」麻衣問道。

「如果要一一細說，實在多到數不清。總之，我每天都為了不讓他生氣而小心翼翼，還得安撫他的情緒，我真的厭倦了這種生活。」菜菜答道。

「那個爛人！」麻衣對菜菜的丈夫怒不可遏，「妳一定很辛苦吧……」愛美安慰著菜菜，兩人的語氣都很真誠為她抱不平。

彩子也想說些話鼓勵菜菜，卻發現腦中一片空白。正確來說，不是她想不到該說什麼，而是她在努力掩飾自己的緊張，不讓朋友們看出端倪。

她正準備迎接人生大事，眾人都向她送上祝福。然而，聽到朋友婚後遭受丈夫精神虐待的震撼事實，她不禁擔心自己是否也會面臨相同的處境，心裡微微動搖。

彩子在心裡為西找理由，認為他絕不可能做出那種事。他溫柔又穩重，更重要的是，在自己跌入谷底時伸出援手。他的情緒穩定，與菜菜的丈夫完全是不同類型的人。

然而，「精神虐待」這個詞，為何讓她如此介意？

菜菜的丈夫到底是怎樣的人呢？

雖然他們同齡，但彩子並非三人的同期同事，對拓也與菜菜的交往開端並不了解。只是，半年前她曾邀請兩人來到自己與西同住的公寓。彩子心想，自從那場派對後，見過菜菜夫妻的人，在場的恐怕只有自己吧。

那天，菜菜與拓也在公寓外側走廊起了爭執。彩子原本以為只是普通的夫妻口角，但聽到離婚的消息後，她才覺得當時的對話早已沒了溫度。

她還記得另一件事。當拓也試圖晒恩愛時，菜菜的反應很冷淡，不僅面無表情，眼神也未與丈夫交會。

彩子當時就感到不對勁。等到兩人離開後，她向西打探拓也是怎樣的人。她無法忘記西當時的回答。

——他是滿帥的，但已經結婚了，妳不是知道嗎？

西是這樣回答的。

——其實前陣子，我們部門的派遣小姐才跟我說過：「幫我牽線啦。」

接著，他半開玩笑地補充，語氣中帶著一絲輕蔑。

西的回應之所以令彩子掛意，是因為在她心中，西是一個對同性外貌或異性緣這類事毫不在意的人。她就是欣賞他這一點。此外，西完全沒察覺菜菜與拓也之間的氣氛不對勁，也讓彩子感到驚訝。這表示，他可能完全無法體會菜菜的處境。

西對自己伸出援手是無可否認的事實，彩子總是提醒自己，一定要銘記別人的恩情。

然而，她心底也微微害怕，自己會不會只是因為感念他的幫助才答應結婚？

此刻，這份疑慮正拷問著她的心。

「……我還不知道接下來該怎麼做，但已經上網找了離婚諮詢的律師事務所，也打電話去問了。先確認了諮詢費用，才去那邊諮詢。」

聽到菜菜這麼說，麻衣興奮地探身說道：「妳真的很棒！」

「後來我才知道，要順利離婚其實條件很嚴格，像是其中一方外遇、失蹤或生病，導致婚姻生活完全無法持續，這樣的理由才算正當。像我們這種近似『個性不合』的情況，好像很難被法律認可。」

「啊——我寫過這類主題的報導。」

「咦？真的嗎？早知道妳這麼熟悉，我應該早點問妳的！」

「不，只是一篇不太正式的報導，我了解得沒那麼詳細。我只是佩服菜菜妳的行動力，感覺就像『非要給他好看不可！』」

「不，與其說是想爭一口氣，我其實有點害怕。」

「害怕？」

菜菜眼神游移，思索如何向麻衣解釋，接著開口說：

「他做了錯事後，總是立刻裝作沒發生過。」

「哇，好可怕。」

「是啊，我覺得很不安。這種事已經發生好幾次了。比方說，他曾朝我丟東西，像是紙張之類的，沒造成什麼傷害，但他確實丟了，然後馬上當作沒這回事……我不太會形容，總之，他會用言語扭曲事實。」

「這比想像中還嚴重。」麻衣皺起眉頭。

「還有其他時候，我發現他為了讓自己看起來像好人，會竄改記憶。我把這件事告訴律師，律師說，如果這種情況多次發生，可能會成為『導致婚姻無法繼續的重大理由』，所以我現在開始寫日記。」

「要蒐證的話，記得錄音！手機有錄音功能，他一回家就開啟錄音，把一切記錄下來。最好再多準備一支錄音筆。如果被他發現，他拿走一支可能就會放鬆戒心，之後態度可能更糟。所以也可以故意多準備一支讓他發現。」

麻衣的建議異常具體，或許她寫的就是這類報導。

「兩支？我沒想到這方法，律師也說過，為了以防萬一，最好錄音。」

「一定要錄音！妳回去就買兩支，以後每天錄。」

「有道理，得積極一點才行。不過，總覺得錄音有點卑鄙。」

菜菜這麼說，彩子也有同感。而且「故意讓對方發現一支」的想法也挺嚇人。

「卑鄙？大家不都這樣做嗎？」

麻衣說得像是稀鬆平常。

「嗯，我追蹤了幾個準備離婚的人的帳號，知道錄音很重要。但我還是很難接受，沒想到自己的人生會需要這樣錄音，感覺太不可思議了。」

菜菜眼神飄忽，像在尋找合適的詞語。

「不可思議？」

彩子忍不住問。這句話不知為何在她心底迴盪。

菜菜注視著彩子說：

「與其說不可思議，不如說是覺得人生未來會發生什麼完全無法預料。雖然常聽別人這麼說，但真正遇到時才會有切身的感受。」

說完，菜菜輕輕笑了笑。

「畢竟，沒有人會為了離婚而結婚。」愛美說。

「對！所以，我很明白為了離婚而努力有多掙扎、多痛苦。心裡有一個自己為了分手而錄音，覺得只能這麼做了；但同時也有一個空虛的自己，好像在問：『妳到底在幹麼？』」

「原來是這樣……」

「還有，說到底，我也覺得事情會走到這一步，不全是他一個人的錯。我一定也有責任。一定有。比方說，每次感到煩躁時，我總是選擇隱忍，什麼都不對他說，一直都是這樣。像是蜜月旅行要去哪裡、房子要怎麼裝潢、家事如何分配，或者小樹的教育方針等等，我因為討厭爭吵、不想破壞氣氛，幾乎從不說出真實想法。因為這樣反覆累積，才會變成今天這個局面。」

「咦！真不敢相信，妳竟然因為這樣就覺得自己也有錯？」

麻衣加重語氣想勸菜菜，但菜菜以平靜的口吻說：

「我不知道這算不算錯誤，但總覺得一個人在別人面前展現的模樣，其實反映了那個人平時如何被對待。換句話說，他現在的樣子，或許是我造成的。」

「才沒這回事！」麻衣反駁道。

「不，該怎麼說……我認為在某方面，也是我長期缺乏自信、總想避免衝突的消極態度，才讓他變成這樣的。」

「消極？那應該是溫柔吧？」

菜菜對麻衣的說法輕輕搖頭。

「那不是溫柔，現在我覺得，那只是假裝沒看到的消極逃避罷了。我從沒試著改變平衡，明知道自己長期忍氣吞聲，卻因為覺得不爭吵比較輕鬆，就一直放任。

因為我的放任，才讓他變成現在這樣，然後我卻說『受不了了』就想逃開，這樣好像有點不負責任。」

「菜菜，妳不需要這麼想。」

這次，愛美堅定地打斷她。

「就算妳過分縱容他，他也不該對妳施加精神虐待。他不只不懂感恩，還變本加厲，那是他的責任。他已經是大人了，讓妳一直忍氣吞聲，是他該承擔的，妳不需要把這些攬在自己身上。而且，媽媽感受到的痛苦，我想小樹很快也會察覺。」

愛美冷靜地分析。

「沒錯，這只會對孩子造成負面影響。」麻衣立刻附和。

彩子雖然完全贊同愛美說的，同時也覺得自己彷彿被質問，內心赤裸裸地被攤開，連呼吸都感到沉重，無法開口附和。

「嗯，我相信確實是這樣。」菜菜點頭表示認同。「最近我一直在思考這些事，發現如果我不改變，他也不會改變。即使他偶爾會稍微反省，但沒多久又會故態復萌。」

「他就是把妳吃得死死的！」麻衣氣憤地說。

「所以，為了改變自己，我必須下定決心。為了改變我們之間的關係，唯一的方法就是分手。」

「嗯！」「沒錯！」愛美和麻衣同時用力點頭。

「老實說，主動提出離婚需要很大的勇氣，感覺過去消極縱容的惡果全反彈到自己身上了，真的很痛苦。但我認為這麼做也是對他負責，對我們雙方來說都是最好的結局。雖然心裡有些不安，但我只能相信這對小樹最好，並積極採取行動。」

「太了不起了！」麻衣拍手說。「我都起雞皮疙瘩了。菜菜，沒想到妳對離婚想得這麼深，我都想拿來寫成報導了。」

「不要啦——」菜菜笑著擺擺手。

「妳跟三芳談了多少？」愛美問。

「我已經向他表明想離婚，但他敷衍帶過。上週他又開始發脾氣，我氣得帶著小樹離家出走，也順便向父母說明情況，得到了他們的諒解。接下來要和律師討論房子怎麼處理。因為是第一次發生，可能無法拿到精神賠償，但聽說應該能爭取到贍養費。」

談論現況的菜菜看起來格外瀟灑。彩子心想，無論是共事時、邀請她來家裡時，還是今天，菜菜展現的模樣都不盡相同，感覺越來越堅強。

「媽——」

一陣呼喚聲傳來，孩子們從裡面的房間跑出來。遊戲的限制時間似乎結束了，兩位母親立刻換上溫柔的表情，客廳的氣氛瞬間變得熱鬧不已。

年紀最小的孩子小樹，才剛爬上媽媽的大腿，馬上又像嫌膩了似地跳下來，說：「我想喝水。」菜菜從背包裡拿出水壺遞給他。他喝了一小口，又坐回媽媽腿上，問：「什麼時候回家？」菜菜連忙說：「別這樣問啦。」愛美苦笑著說：「小孩子就是會講這種話。」

「那，要不要跟姊姊一起玩？」

令人意外的是，麻衣站了起來。雖然孩子們年紀還小，但看著麻衣身穿黑色洋裝的苗條身影，似乎能感受到她與媽媽的不同，帶著幾分害羞又幾分興奮地喊著：「來玩！來玩！」

「玩那個吧！」

年紀最大的孩子催促愛美。他說的「那個」，是一款像迷你無人機的玩具。愛美一拿出來，客廳立刻充滿歡呼聲。

「這是什麼？好酷喔！屋子裡空間太小，要不要出去找個地方玩？」

麻衣提議，孩子們聽了開心得不得了。

「這附近有個適合玩無人機的地方，就在那邊。」

「好耶！可以讓我錄一下嗎？不會拍到孩子的臉。啊，借我鏡子，我要補擦防曬乳。」

愛美目送麻衣拿著化妝包走向更衣間，隨即俐落地拿出孩子們的帽子、防蚊液和飲料等。帶孩子出門真得準備不少東西，彩子心裡滿是佩服。

「彩子，不好意思，還要麻煩妳幫忙照顧小孩。」

走到玄關時，菜菜向彩子道謝，但彩子一點也不覺得麻煩。她心想，只要菜菜能恢復開朗，就已足夠。同時，她也默默回想剛剛聽著對話時，內心那種被質問的感受。

——總覺得一個人在別人面前展現的模樣，其實反映了那個人平時如何被對待。換句話說，他現在的樣子，或許是我造成的。

彩子思忖，今後在與西的婚姻生活中，自己所展現的模樣，必然也會形塑他對待自己的態度。

婚姻可能引導人成長，也可能使人封閉。如果不鼓起勇氣溝通與面對，就會把自己關進無形的柵欄裡。

「說起來，我好像從沒被好好求婚呢。」彩子喃喃自語。

走在前頭的菜菜回頭「嗯？」了一聲。

「沒事。」彩子笑著掩飾過去。

在這裡向大家抱怨自己沒被求婚，現狀也不會因此改變。

彩子認為，對即將與西結婚的擔憂，問題的癥結大概就在這裡。

自從與西同居後，幾乎所有事情都變成自己需要他的「許可」。她也明白，西其實並沒有這個意思。但當自己產生這種感受時，問題的根源就顯而易見。

——那只是假裝沒看到的消極逃避罷了。

彩子靜靜聆聽著菜菜的話，覺得自己能深深體會。她其實一直很介意「連結婚都是被許可」這件事，因此內心充滿恐懼，感受到一種權力關係。同時，她也害怕失去西。

「小心點喔！」

菜菜朝孩子們大喊，彩子追著她的背影，感覺心中漸漸湧現一股堅定的力量。

好，我要向西求婚！彩子下定決心。

這將成為她主動面對西的契機。只要她積極地面對西，就能讓西同樣積極地面對她。她如此相信。

沒想到麻衣這麼熱衷於和孩子們玩耍——愛美大感意外。雖然猜想她或許想順便拍攝防晒影片，但她連帽子都沒戴，滿臉燦爛笑容地跑來跑去。

大人玩得開心的模樣，對孩子來說也是一大樂趣。春斗、優斗和小樹都帶著興奮的表情，追著麻衣跑來跑去。愛美站在稍遠處，凝望這耀眼的一幕。

此刻，春斗手裡拿著用輕質材料製成的五彩「現代版竹蜻蜓」。原本打算玩玩具無人機的河邊風太大，他們便轉移到這座樹蔭較多的公園。能在空中飛舞的小玩具總能牢牢吸引孩子們的心。疫情期間學校和公園關閉，愛美上網買了這些小玩具。這座公園直到不久前還禁止玩球，除了遊樂器材，愛美還準備了竹蜻蜓和吹泡泡器，讓孩子們可以帶著好奇心遊玩，一解無法上學、只能悶在家裡的怨氣，保持動動身體發洩精力的樂趣。

今年的梅雨季異常悶熱，時間又短，總覺得七月之後的日子反而舒適一些。

這座四面環繞櫻花樹的公園有許多陰涼處，適合夏天遊玩。前幾年毛蟲特別多，但今年似乎沒什麼問題。只是六月異常炎熱，新聞提到影響了蟬的羽化，幸好叮人的蚊蟲也比往年少了一些。今天從河邊吹來的涼風讓人感到比平時舒爽，但一想到孩子們得在地球暖化的環境中成長，心裡不免有些茫然。

定睛一看，菜菜和彩子坐在樹蔭下的長椅上，手裡拿著寶特瓶，不知在聊什麼。

一個準備離婚，一個準備結婚。同齡的她們，各自面臨人生不同的關卡。說到這個，愛美突然想起一件事。

今天見面時，彩子和麻衣身上飄著淡雅溫柔的美好花香。

她這才意識到，她們都用了香水。麻衣的頻道介紹過許多造型奇特可愛的小瓶子和香水組合，每次只介紹一點，但愛美總覺得那是另一個世界的幻影，隨意瀏覽而過。

她想起以前曾收過麻衣親手調製的香水，但只用過幾次，沒能養成習慣。畢竟從事食品相關工作，無法經常使用香水。

之所以週末也沒拿出來用，是因為內心沒有餘裕。她總是擔憂母親的病情和先生暫停營業的公司，焦慮地關注孩子們的情況，無心享受香水的樂趣，連皮膚和髮質都變差了。

我想變得更漂亮。

愛美心想。

沒錯，我想變得更漂亮！

這個全新的念頭突然流入心中。愛美已許久沒有這種心情，不由得兀自害羞。與此同時，她想起麻衣曾在影片中分享的香水知識，因此得到了勇氣。

那段知識出現在麻衣介紹香味持久性的影片中。

香水因成分的揮發性不同，會產生細微的變化，因而隨時間緩緩轉變。剛噴在肌膚上時，最初幾分鐘的香氣稱為「前調」，接著是「中調」，最後才是「後調」，而後調的香味會持續留存。

——因為香味會留下來，所以許多人認為，後調才是一瓶香水真正的香味。這件事可能很少人知道，有個說法是，噴上香水後要稍等一下，等中調香氣穩定後再出門。

愛美看著麻衣在影片中的解說，心裡不禁感嘆「哎，真有趣」。

——不過啊，中調也是進入後調前非常重要的香味。因為中調的香氣通常比較濃郁，有些人認為，中調才是一瓶香水的主角，而我自己挑選香水時，也大多以中調為基準。

愛美從前並不知道香水的味道會隨時間變化，因為她從未認真使用過香水。看到那支影片時，愛美第一次對「真正的味道」產生思考。

「啊——好累，休息一下！」

麻衣似乎玩累了，跑到愛美身邊，額頭微微冒汗。陽光從枝葉間灑落，閃耀變幻，麻衣看起來美極了。

優斗和春斗喝完水小歇後，又活力充沛地跑去盪鞦韆。小樹似乎累了，靜靜地坐在菜菜的大腿上。夕陽斜照而來，光影色彩緩緩變幻，微風輕輕吹拂。

「辛苦了，謝謝妳陪他們玩。」

愛美向麻衣道謝，麻衣滿足地笑著說：

「太好了，拍到了很棒的畫面！」

她一邊說，一邊從包包裡拿出防晒乳，熟練地補擦在臉上。即使滿頭大汗，麻衣身上依然散發著清新的香氣。她不照鏡子就能均勻塗抹防晒乳，令愛美看得佩服不已。

突然，愛美想問麻衣一個問題：

「麻衣，妳身上總是有股好聞的味道，今天也用了自己調的香水嗎？」

「嗯？這個啊？這是市售的香水，最近我比較少自己調香水了。」

「妳不是在影片裡說過，香水的香氣會隨時間變化嗎？」

「嗯？」

「我只是突然想到這件事。」

「這麼沒來由嗎？」

麻衣開朗地笑了笑。

春斗和優斗玩鞦韆沒多久就膩了，跑過來找麻衣一起玩。看著麻衣笑著說「好啦、好啦」，朝孩子們走去，愛美也忍不住微笑。

我們不正處於人生的「中調」嗎？

這是愛美剛剛想說卻沒說出口的話。然而，她們似乎尚未抵達「後調」的階段。各自迷惘、各自痛苦，懷抱種種煩惱，彷彿距離找到真正的自己還差一步。那麼，她們何時才能成為真正的自己？是否對自己坦誠，或仍在隱瞞什麼？一旦開始思考這些問題，就彷彿永無止境。但愛美確信，現在的自己正處於人生的中調。

孩子們又開始邋鞦韆，麻衣走了回來。

「我用了麻衣調的香水喔。」

彩子不知何時和菜菜一起來到愛美身邊，笑著說道。

「去菜菜家玩時，世界還沒變成這樣。我還記得當時聽麻衣介紹過香水。」

世界「變成這樣」……是啊，那時沒人能想像，世界會變得連見面、相聚都要如此小心翼翼。

「咦？我講過嗎？」麻衣歪著頭問。

「有啦、有啦！」

連菜菜也笑著附和，但麻衣記不太清楚了。

「雖然自己不容易察覺變化，但確實一點一滴在改變。聽了麻衣的介紹後，我覺得好有趣。收到妳調的香水後，我過了好久才開始用，但現在習慣偶爾拿出來用喔。」彩子說。

「咦？妳還在用？香味有沒有變淡？」

麻衣一邊問，一邊難掩欣喜地面頰泛紅。

「好像沒變。」彩子回答。

「那，我再來調調看吧！」

聽到麻衣這麼說，愛美由衷希望她能重拾這份興趣。

接著，愛美想到三芳。未來，他恐怕會失去重要之人。

因為他做了無法挽回的事，菜菜和小樹才會離開他，這無可奈何。但或許，三芳也正在準備改變。因為是同期，愛美忍不住為他設想。

就在這時，脖子感受到一滴水珠。

「搞不好會下午後雷陣雨？」愛美喃喃自語，隨即喊道：「差不多該回家囉！」

孩子們一臉意猶未盡，彷彿還想繼續玩，但聽到可能會下雨，也只能無奈接受，準備回家。

果不其然，回家的路上開始下雨。

彩子撐起晴雨兩用的傘，大家立刻躲到傘下，加快腳步跑起來。

春斗一邊跑一邊大喊：「下雨了——」優斗雖然對弟弟嚷著：「安靜一點啦！」但自己也跟著大叫：「下雨了——」愛美看著這一幕，內心充滿喜悅。

她誠心感謝麻衣陪孩子們玩了這麼久，也感謝願意前來的彩子和菜菜。細小的雨點拍打在臉頰上，愛美覺得活在此刻的她們，如此珍貴而美好。

轉過街角，就能看見家門。在悶熱的雨滴完全淋溼路面之前，他們順利回到家。大家的頭髮都溼了，得趕緊拿出毛巾擦乾。

未來，西和彩子會構築怎樣的家庭？麻衣的頻道會如何發展？成為單親媽媽的菜菜又將如何生活？此刻，答案尚未揭曉。連自己家人的未來，也仍是未知數。就算做好準備、試圖預測，也沒人能真正知道未來的動向。

然而，連這份不確定也包含在內，為了活出真正的自己，她們正認真地面對當下。

愛美唯一確定的是，在今日道別前，她會對大家說：「下次還要再來玩！」這是她的肺腑之言。

「我回來了——」

優斗和春斗朝著無人的家裡大喊，隨後大家跟著走進門，也齊聲喊出同樣的話。

初出
「日經xwoman」刊登。
二〇二一年五月二〇日～二〇二二年二月一〇日，
二〇二二年四月二十八日～二〇二三年三月二十九日
連載。
出版單行本時經過增補修訂。

本作品純屬虛構，與現實中存在的組織、團體或個人均無關聯。
（編輯部）

愛小說 001

ミドルノート
中調：在不完美的時光裡，調和出自己的香氣

作　　者／朝比奈明日香
譯　　者／韓宛庭
總 編 輯／陳品蓉
封面設計／陳碧雲
內文編排／莊芯媚

出 版 者／愛米粒出版有限公司
負 責 人／陳銘民
編 輯 部／電話：（02）25622159　傳真：（02）25818761
總 經 銷／知己圖書股份有限公司　郵政劃撥：15060393
（台北公司）台北市 106 辛亥路一段 30 號 9 樓
電話：（02）23672044、23672047　傳真：（02）23635741
（台中公司）台中市 407 工業 30 路 1 號
電話：（04）23595819　傳真：（04）23595493
讀者專線／TEL：（02）23672044、（04）23595819#230
FAX：（02）23635741、（04）23595493
E-mail：service@morningstar.com.tw
國際書碼／978-626-7601-20-4
初版日期／2025 年 9 月 1 日
定　　價／新台幣 390 元





中調：在不完美的時光裡，調和出自己的香氣 / 朝比奈明日香作；韓宛庭翻譯. -- 初版. -- 臺北市：愛米粒出版有限公司，2025.09
284 面；14.8×21 公分
譯自：ミドルノート
ISBN 978-626-7601-20-4（平裝）
861.57　114009833